夢窓と兼好

定めなきこそいみじけれ

久米宏毅

22世紀アート

序—鴨の河原の世捨て人の話—

葉柳の陰に埋もれて、見苦しいむしろ壁の小屋が何軒となく立ち並ぶこの河原は、お上からは申すまでもなく、世間からも見放されたところでございます。この河原が人々の耳目を集めますのは、あえなく夢破れて敵の刃にかかった武将の首が、咽ぶ瀬音に晒されるときぐらいでございましょう。

日ごろは名もない連中が、ほとんど消えかけている自尊心とやらを後生に守って、河原蓬の露に濡れながら、命を繋いでいるばかりでございます。

こういう連中のことを、世間では世捨て人と呼ぶむきもございますが、実のところは、世を捨てたというよりも、世から捨てられたというのが真相かと思われます。

と、申しております私《わたくし》も、今は世から捨てられたひとりでございます。今は、と申し上げましたのは、かつては名誉と利得をほしいままにする公家の身であったからで、それが大覚寺《だいかくじ》統と持明院《じみょういん》統の諍《いさか》いに巻き込まれ、所領では謀反が相次いで起こって、元弘の変に加担したのを最後に没落したのでございます。

この間、悶々としながら生きることに追われた日々でございましたが、心が躍ったことがなかったわけではございません。

あれは建武の中興の年でございました。二条河原に一本の立て札が立ったのでございます。二条河原と申しますと、御所がございます二条富小路内裏の筋でございます。その落書には、治世が見事に風刺されておりました。

「此比《このころ》都ニハヤル物、夜討チ、強盗、謀綸旨《にせりんし》、召人、早馬、虚騒動《そらさわぎ》。生頸　還俗《げんぞく》、自由出家、俄《にわか》大名、迷者《まよいもの》　安堵　恩賞　虚軍《そらいくさ》　本領ハナルヽ訴訟人　文書《もんじょ》入リタル細《ほそ》葛、追従《ついしょう》、讒人《ざんにん》、禅律僧、下克上スル成出者《なりづもの》、器用堪否《かんぷ》沙汰モナク　モルヽ人ナキ決断所　キツケヌ冠《かんむり》上ノキヌ　持モナラハヌ笏《しゃく》持テ　内裏マシハリ珍シヤ……。」

世をすねた私でございますから、この二条河原の落書は私の日頃の思いが代弁されたようで、それはもう溜飲《りゅういん》が下がる思いがいたしました。繰り返し、繰り返し読み返しましたので、「此の頃都にはやるもの……」から、「京童《きょうわらべ》の口すさみ、十分の一そらすなり」の末尾まで、今でもそらんじているほどでございます。

※

無惨《むざん》ではありますが、男の野心が騒ぐのが戦でございます。後醍醐《ごだいご》天皇様の軍勢と足利尊氏公の軍勢が対峙した鴨川の戦いも瞼に焼き付いてはなれない壮烈な惨劇でございました。あれは川の流れも痩せた冬のことでございます。

後醍醐天皇様に従う官軍が、上《かみ》は糺《ただす》の森、下《しも》は七条河原まで進んだところで、新田義貞を大将とする軍勢が三条河原の東岸に陣取り、西に向かって待ち受けておりました。それに対する尊氏公の軍勢は大軍で、鶴が翼を広げた陣形を取って、後醍醐軍を取り囲むように攻撃しました。数千騎の軍兵が旗を虚空にひるがえしながら、ときの声を天地に轟かせ、互いに雨のような矢を射掛け合ったのでございます。剣を振りかざす間もないほどに激しく入り乱れて戦って、人馬の骸《むくろ》が山をなしました。川は紅に染まり、血に楯を浮かべて戦っているかのようだったのでございます。

後醍醐軍は千人余りが討ち取られ、尊氏公の側にも大勢の手負い、討ち死がでました。命を軽んじた軍兵は、今日を限りと戦い、弓折れ矢尽き、馬は疲れ、人は気力を失って、鴨の河原に斃《たお》れたのでございます。

その後しばらく死臭が辺りいちめんに漂い、胴体を失って転がる目や鼻から蛆虫《うじむし》がうごめいておりましたが、やがて舎利頭《しゃりこうべ》だけの静けさに戻りました。その年の夏には、しばしば鴨川で赤い鮎が獲れましたので、河原の住人の間では、きっと血を飲んだからだと、もっぱらの噂でございました。

※

ほんに鴨の河原には、さまざまな連中がいるものでございます。鴨川の決戦で深手を負いながらも、かろうじて命を繋いで、不自由な体を引きずりながらそのまま河原に住みついた者もいれば、墨染めの衣を纏《まと》い、出家して仏の道に入ろうと願っているように見えながら、喧嘩・闘争を専門にしている実に恥知らずの連中もおります。

河原者と呼ばれる者のなかには、石立ての技を心得た者もいて、嵯峨嵐山の天龍寺の造営に際しましては、そうした連中が庭造りにひと役かったのでございます。

私も、生まれ育ったときからの貴族趣味と申しましょうか、美しい林泉や巧みの技には身に染み着いた憧憬がございまして、足手まといになりはしないかと恐れながらも、曹源池庭園の改修に出向いたことがございます。

土を撞《つ》き、石を組んでいきますとやがて池の輪郭が固まってまいります。感動的だったのは、龍門滝にいよいよ水を流し入れようという日でございました。この日は夢窓国師様も姿を見せられ、みずから作業の指揮を執られました。作務衣《さむえ》に身を包まれた国師様が、お歳とは思えない身のこなしで、てきぱきと指図をなさっておられたお姿を、昨日のことのように憶えております。

天龍寺が創建されました翌年、夢窓国師様と兼好《けんこう》法師様が、御会見なさったという噂を耳にいたしました。おふたりが曹源池庭園を巡りながら歓談なさったと聞きましたときには、私もいくらかは御会見に役立ったのかと、自尊心を慰めた次第でございます。

南朝の後醍醐天皇様からは国師号を贈られ、北朝の足利尊氏、直義両将軍からも精神《こころ》の師と尊崇されて、社会教化に力を尽くされている夢窓国師様と、珠玉《しゅぎょく》の随筆『徒然草《つれづれぐさ》』を世に出されて、無常を達観されている兼好法師様のことでございますから、きっと私どものようなふがいない連中をお救いなさる方途について、お話を深められたことでございましょう。

目次

一、かすみの章

1、会見の朝

雙《ならび》の岡に無常所まうけて、かたはらに桜を植ゑさすとて
契りおく　花とならびの　岡のへに　あはれ幾代の　春をすぐさむ

兼好

卜部兼好《うらべけんこう》が、都《みやこ》と嵯峨を隔てる雙が岡の東麓に庵を構えたのは、終《つい》の住処《すみか》を覚悟してのことであった。けれども、兼好が期待した閑《しず》かな暮らしは、今では昨日のことに

なっていた。

つれづれにもの思う精神《こころ》を、そこはかとなく書き綴っていた日々は過ぎ去り、近頃は〝和歌四天王〟と呼ばれて世間の評判も高く、新興の室町幕府からは、都のしきたりに詳しい有職故実《ゆうそくこじつ》家として重宝され、心ならずもの騒がしく世間に関わっていた。

※

「太陽が伽藍に照り映えて、甍《いらか》がまるで天に昇る龍のようでございました。今日はきっとよい御会見になることでございましょう。」

山道を駆け下りてきた命松丸《みょうまつまる》は、庵の前に佇む兼好に一気に語って息をはずませた。

「丘の上はずいぶんと木々が繁っておるようなのに、天龍寺が見えるのかい。」

「どこだって見えますよ。遠見《とおみ》の木を見つけてございますから。東なら清水《きよみず》の舞台、北なら下鴨神社の森、晴れた日には男山《おとこやま》の八幡宮だって望めます。」

兼好の身の回りの世話を務めながら、和歌を師事している命松丸は、体軀はもう大人に並んだが、得意気に話すその横顔には少年の面立ちが色濃く残っていた。

「ほう、どこだって見えるって。自分の心も見えるといいのだがね。」

よく尽くしてくれる純真な青年を、兼好はさわやかな微笑を浮かべて皮肉ってみた。庵の小道に積もった落ち葉も、冬の間に朽ちてゆき、土に還らんとしていた。晩秋にはそこかしこに転がっていたどんぐりや赤い実は、栗鼠《りす》や懸巣《かけす》の馳走となったのであろう、ところどころに啄《つい》ばみの跡を残すだけである。

鈴なりの馬酔木《あしび》の白い花影で鶯が鳴いた。

「今年の初音《はつね》ですね。」

「初音にしては、うまく鳴けたではないか。初音かどうかは定かでないが、今年の初耳であることは確かだね。」

「先生と夢窓国師様の御会見を、鶯も祝っているようでございます。自分のような者には、ホウ、ホケキョウと、声高に法華経《ほっけきょう》を唱えている鶯が、うらやましく思えます。」

「人間は、鶯に劣るのかも知れないねえ。」

再び鶯が鳴いた。

嵯峨嵐山の天龍寺で、夢窓疎石に拝謁《はいえつ》する約束の朝である。

※

雙が岡を後にした兼好は、きぬかけの道の先を西に下って、大覚寺《だいかくじ》の門前から南に折れる道を選んだ。しばらく行くと広沢の池畔に出る。北に朝原山をいただき、常に洋々と水をたたえた水面には、まもなく北へ帰る鴨の群れが陣を張っている。広沢の池は、平安の昔から大宮人《おおみやびと》が御所車で訪れ、花や月を楽しんだ景勝地である。

嵯峨野は、この地をこよなく愛した嵯峨天皇が眠る御廟山の山際から、緩やかに棚田を描いて桂川へと下っていく。曲りくねった畦道《あぜみち》にそって水路が縦横に走り、広沢の池の水は嵯峨野の田畑を潤してきた。

心ざし　深く汲みてし　廣澤の　流れは末も　たえじとぞ思ふ

後宇多法皇

いちめんの麦の緑に、ひと群れの菜の花が嵯峨野の春を彩る。牛を追う農夫たちが、右に左にゆっくりと行き交う。のどかに見える風景のうちにも、二毛作の広がりと農耕具の改良は、名主に隷属していた農民を、次第に自立へと促す生産力となっていた。

芹摘みし　春の荒小田《あらおだ》　うち返し　水は心に　まかせやはせぬ

兼好

「山裾にかすみがかかって、すっかり春らしくなってまいりました。」

「季節が移り変わっていく様子は、趣があるものです。春はまだ春のうちに夏の気配を含んでおり、秋はまだ夏のうちからすでに密かに訪れています。秋はすぐに寒くなって、神無月の頃にはもう小春日和です。するとまもなく草の芽も青み、梅の蕾も膨らんできます。

新しい季節の胎動が、先の季節のうちに熟しているので、新しい季節に変わるのもはなはだ速いのです。

木々の芽吹きも、まず先に葉が落ちて、それから芽ぐむのではありません。下から新芽が萌え出るのに耐えかねて、葉が落ちるのです。

人生も同じこと。人の未来は、未来になってから始まるのではありません。未来はすでに、その人の現在のうちに孕《はら》まれています。生き生きとした現在がなければ、生き生きとした未来は拓《ひら》けません。もし、未来が行き詰まっているのなら、それは現在の生き方が貧弱だからです。このことは、歴史においても同じです。」

日ごろは口数の少ない兼好であるが、いったん話し始めると饒舌になりやすい。

「命松丸よ、よく聞きなさい。私は日ごろから、すべてのものごとは、生成し変化し、そして消滅する、変転してやまないことを教えてきた。しかし、本当に大事なことは、その変転が緩《ゆる》やかなものではなく、勢いよく流れる河の水が、いっそう激しく流れるような変転だということです。少しの間も滞《とどこお》らず、直ちに過ぎ行きます。のどかに構えていてはならないのです。

そうですから、真理の道を求めるうえでも、世間に処していくうえでも、必ずやり遂げようと思うことは、『適当な機会がきたら……。』などと言ってはおれません。あれやこれやと準備をしているような暇などないのです。大事は、直ちに始めなければ成就しません。

四季には、まだ変化の順序があります。人の死期には順序などありません。生老病死の移り変わる相《すがた》は、四季の変化よりも速いのです。しかも死は、前からばかりやってくるとは限りません。先に背後に迫っていたりします。人はだれでも必ず死が来ることを知っていながら、それがやって来るのは急なことではないと、たかをくくっていたりします。

が、まさにそのとき、思いがけずに死期がやって来るのです。それは沖の干潟は遥か遠くに見えているけれども、すでに磯から潮が満ちてきているようなものです。」

兼好の諭《さと》しに、命松丸は思わず立ちすくみ、振り返った。通り過ぎてきた路傍には、若草が風に揺れているだけであった。命松丸はホッと一息つき、小走りで兼好の背中を追った。

2、「定めなきこそいみじけれ」

都の三方を囲む山野辺は、墓場である。あだし野に露が消えるときがなく、鳥部山《とりべやま》の煙もいつまでも立ち去らない。舟岡に葬る死者は、多い日こそあれ、いない日はなかった。この嵯峨の地もそうである。

「あれをごらん。」

兼好《けんこう》の指差す先に、木々の茂る塚が見えた。

「あれは人の墓だよ。」

「あれが墓でございますか。あちらにも、こちらにもございます。」

「そう、この嵯峨野のあちこちには古墳があるのです。都の周りには、膨大な数の屍が眠っています。いや、捨てられていると言った方が適切なのかもしれないね。お前にはまだ話していなかったが、雙《ならび》が岡も古墳なのだよ。お前も私も、毎日、屍の上で寝起きしているのです。」

「えっ、丘のどこにも墓標も卒塔婆《そとば》を見かけませぬが……。」

「墓標も卒塔婆もないけれど、丘の土中の石棺には、確かに人のなきがらが眠っています。案外、命松丸《みょうまつまる》のような若者のなきがらかもしれないねえ。死に順序はないものだから……。」

子が死んで親が生き残り、病を患っている者が長生きをし、昨日まで元気であった者が先に逝《ゆ》くことがあることは命松丸も見聞きしている。命松丸は、自分が今日まで死を免れてきたことがなんだか不思議に思えるのであった。

※

「あの竹林のむこうが蓮華峰寺《れんげほう》で、後宇多《ごうだ》法皇様の陵《みささぎ》です。」

「先生がお仕えなさった後二条《ごにじょう》天皇様のご尊父様ですね。」

後宇多法皇の第一皇子であった邦治親王《くにはるしんのう》が、まだ堀川の邸で暮らしていたときから、兼好は邦治親王に仕えていた。皇位を継承して後二条天皇を尊称してからも、内裏に付き従い、蔵人として側近を務めた。が、しかし、後二条天皇は、二十三歳という若さで急逝したのであった。

天皇の訃報を、当時、大覚寺《だいかくじ》門跡になっていた後宇多法皇に奏上したときの、頬を流れた法皇の大粒の涙のことなどを、兼好は昨日のことのように憶えていた。

兼好は、逝った人々の面影を瞼に浮かべながら、日々に疎《うと》くなりゆく寂しさを感じた。

「命松丸よ、墓が造られるほどの人は恵まれた人と言えるでしょう。多くはそのまま捨てられ、跡形もなく朽ち果てています。その永遠を標すように見える墓であっても、無常の理《ことわり》を免れません。

死んでしばらくの間は、墓を訪れる人も多くいることでしょう。その身内からしてみれば、決して忘れているというのではないのですが、年月を経ると、やがて亡くなった際《きわ》のようではなくなってしまいます。命日などの参るべき日だけは参っているうちに、ほどなく卒塔婆も苔むし、木の葉が墓を埋めて、夕べの嵐や夜の月だけが訪ね来るだけになってしまいます。

思い出して偲んでくれる人がある間は哀れと感じてくれますが、そんな人々も、そのうちに亡くなったりするので、話に聞いているだけの末裔《まつえい》は、やがては哀れとも感じなくなってしまうのです。

とうとう墓参や法事も絶えてしまうと、いずれの人か名前さえわからなくなってしまって、墓場に萌える年々の春の草を、心ある人が哀れと見てくれるだけで、果ては嵐に咽んでいた傍《かたわ》らの松の木も、千年を待たないうちに薪《たきぎ》に砕かれ、古い塚は鋤かれて田となってしまいます。やがてその墓の痕跡さえなくなってしまうのは真に悲しいことです。」

「そう言えば、現にここでも、塚の際まで田畑が迫っております。すでに鋤かれてしまった塚もあることでしょうに。」

「命松丸よ、死後のことは当てにはできません。それゆえ真理の道の修行は歳をとってからでよいなどと、将来を当てにしてはいけません。真っ先にするべきことをのんびりと後回しにして、いつやってもよいことに精を出して生涯を過ごしてしまえば、この世を去るときになって悔やんでも、どうしようもありません。

人間というものは、ひたすら無常、すなわち死が自分の身に迫っていることを心にしっかりと留めておき、一瞬間でも忘れてはなりません。そのようにするならば、この世の煩悩も薄らぎ、真理の道を求める心もまめになることでしょう。」

無常を語る兼好はいつも説教調である。が、抹香《まっこう》臭くはない。兼好にとってそれが日常なのである。命松丸もまたいつものように聞いている。わかるような、わからないような、そんな心地もまたいつもと変わりはない。

※

有栖川《ありすがわ》の小橋を渡って一町ほど行くと大沢池《おおさわのいけ》に出る。唐の洞庭湖《どうていこ》を模して造られた大覚寺の庭池である。

大覚寺の歴史は、嵯峨天皇がこの地に離宮を築いた平安の昔にはじまる。嵯峨御所を継いだ皇女は、御所を仏教寺院に改め、大覚寺と命名した。その後しばらく大覚寺は仏教流布の拠点となったが、無常は大覚寺を例外とすることはなかった。いつしか大覚寺は衰退し、その存在は忘れ去られていったのである。

その大覚寺を再興したのは、後宇多天皇であった。その後まもなくして、皇位をめぐって天皇家は大覚寺統と持明院《じみょういん》統に分裂、大覚寺は大覚寺統の拠点になっていった。兼好は大覚寺統の二条為世が率いる二条派の歌人として、歌会の筵《むしろ》にしばしば臨《のぞ》んだ。比叡山の横川から雙が岡に庵を移したのも、大覚寺に近いということがその理由のひとつであった。

大覚寺の滝殿といふあたりに住む人のもとへ、十月ばかり時雨降る日、尋ねいきたるに、庭は山の麓にて、薄の多くまねき立ちたるを

枯れのこる　裾野の尾花　秋よりも　まなくしぐれに　袖やかすらむ

兼好

大覚寺統の尊治《たかはる》親王が皇位につき、天皇親政の復権をめざして「後醍醐《ごだいご》」を名のったのは、元弘三年、後醍醐天皇が三十歳のときであった。その後醍醐天皇の親政に反旗をひるがえしたのは、足利尊氏である。足利尊氏は、もとの名を「高氏」という。その「高」の字を、尊治親王の「尊」の字に改めたほどの後醍醐派の有力武将であったが、武家に冷たく公家を優遇する親政の行き方に納得できず、持明院統の光厳《こうごん》天皇を擁立して後醍醐天皇を吉野へ追いやった。

建武三年、京都に攻め上った足利軍は、後醍醐天皇に加担していた大覚寺に火をかけることに躊躇《ちゅうちょ》はなかった。後宇多天皇が精魂込めて再建した堂宇《どうう》は、十五年という

短いうちに歳月のうちに灰燼《かいじん》に帰したのであった。

故院年久しく御心を留められて造営せられし諸堂、ならびに房舎ども、残り少なく、時の間の煙と成り侍りし悲しさの余り、深き山の中にまどひありき侍りし時、思ひ続けはべりし。

世の中の　げに憂き時は　身一つを　隠すばかりの　蔭だにもなし

道我

「御本尊は無事だったのでございましょうか。」

命松丸が問う。

「御影堂《みえいどう》や宸殿《しんでん》は、土台をわずかに残すばかりとなり、五大堂も焼け落ちました。安置されていた不動《ふどう》明王ほか五大明王《みょうおう》は持ち出されて、辛くも難を逃れたと聞いていま す。焦げ痕を残す木立の間には、八体の石仏が今も鎮座なさっておられます。」

「火炎のなかでも平然としていた石仏を思いますと、無常のなかに常住を祈る彫り師の熱意が伝わってまいります。」

「ほう、命松丸もそういうことを言うようになったのだね。それでも、砕け難いとはいえ石仏も、永い風雪のなかで、やがてはそのお姿を細石《さざれいし》へと変えることでしょう。」

※

滝の音は　絶えて久しく　なりぬれど　名こそ流れて　なほ聞こえけれ

藤原公任

名古曾《なこそ》の滝も大覚寺にある。寺勢が衰退するとともに流れも途絶えた名古曾の滝に、水音をよみがえらせたのも後宇多天皇であった。中御所の内庭に、すずやかな水音を奏でていたが、今は崩れ残った土塁の傍《かたわ》らで、かろうじて水脈を保っていた。

こうしたありさまを、後宇多天皇が目の当たりになさらなかったことだけが、せめてもの慰めであると、兼好は思うのである。

大沢の池に、龍頭や鷁首《げきす》の舟を浮かべて遊んだ観月の夕べが、水面に映る篝火《かがりび》のように浮かんでくる。むらさめの廊下を行き交う女御《にょうご》たちの衣擦《きぬず》れの音も、今となっては昔のことである。大覚寺の夢の日々が走馬灯のように兼好の脳裏に浮かんでは消えていった。

人生は刹那《せつな》、刹那に変化する相《すがた》と知ればこそ、その刹那を尊ばなければならない。この世は無常なればこそ尊いのだ。

「世は定めなきこそいみじけれ。」

「世は定めなきこそいみじけれ。」

兼好は、自らを諭すかのようにつぶやきながら、清涼寺・釈迦堂を左に曲がって、ほどなく天龍寺の三門に立った。

「お疲れではございませんか？」

命松丸の気遣いに、兼好は軽く首を振った。蓮の花殻が残る放生池《ほうじょういけ》の石橋を渡る師弟の背に、春の陽が明るかった。

3、霊亀山《れいきざん》天龍資聖禅寺《ししょうぜんじ》

天龍寺の雲居庵《うんごあん》は、夢窓疎石の隠居所である。夢窓は、天龍寺の住持を無極志玄《むきょくしげん》に託して自適の生活を始めていた。嵐山と小倉山を借景にした雲居庵の池庭は、中島にゆったりと広がる松枝《まつがえ》を配し、広いとはいえない空間に自然の大きさを表現していた。

「兼好《けんこう》御房様、ご到着でございます。」

部屋のむこうから案内の僧の声がかかる。静かに障子が開いて、墨染めの衣をまとった兼好が現われた。

兼好が通された一室には、すでに夢窓の姿があった。夢窓は、なで肩のきゃしゃな体躯《たいく》を金泥《きんでい》の衲衣《のうえ》で包み、左の肩からは牡丹唐草文《ぼたんからくさもん》の袈裟《けさ》を纏《まと》った正装である。受け口の端整な面立ちに、その優しさが推し量られる。部屋の奥では、禅の宗祖《しゅうそ》・達磨《だるま》の半身画像がにらみを効かせていた。

夢窓はゆっくりと立ち上がり兼好を一瞥《いちべつ》した。夢窓とは対称的に、兼好の面立ちは精悍《せいかん》で、前頭部は剃髪するまでもなく禿げ上がっていた。内裏《だいり》の警護を務めた兵衛府《ひょうえ》の元武官だけのことはある。体躯も悪くはない。

ふたりは案内の僧が勧めた位置に対座すると、畳に額が擦るほどに深々と頭を垂れた。

「お初にお目にかかります。沙弥《しゃみ》兼好にございます。」

「夢窓です。かねてより御房のお名前は、よく伺っておりました。ずいぶんとご活躍のようにお見受けいたします。」

「お目通りをお許しくださり、光栄に存じあげます。国師のお姿は、本寺落成の法要の機会などで、しばしば拝見させていただいておりますが、本日は御目文字が許され、感激いたしております。」

「そうおっしゃられては恐縮です。今日は、忌憚《きたん》のないお話ができればと存じます。」

世間に名高い兼好が、いやにへりくだった挨拶を交わすことに、夢窓はいささか閉口気味であった。

「先年、左武衛《さぶえ》の将軍、足利直義《ただよし》公のご発案で、予が取りまとめました『宝積経要品短冊和歌《ほうしゃくきょうようぼんたんざくわか》』の編纂《へんさん》に際しては、こころよく御承諾下さったこと、改めてお礼申し上げます。兼好御房はじめ、四天王の御歌も納めることができましたことを、征夷大将軍尊氏公もことのほかお喜びでございました。」

そう話しながら夢窓は、乱れかけた法衣の裾を直した。

「宝積経要品短冊和歌」は、ときの光明《こうみょう》天皇はじめ足利尊氏、直義の将軍、高師直《こうのもろなお》らの武将、兼好、頓阿らの二条派の歌人など二十八人が「南無釈迦仏全身舎利《なむさかふっせむしむさり》」の十二文字を首句に冠して和歌を詠み、夢窓国師が取りまとめて、それを将軍足利尊氏が高野山金剛三昧院《こうやさんこんごうざんまいいん》に奉納したものである。兼好は、そのうち「む」「か」「つ」「し」「り」

の五枚の短冊を自ら書いて納めていた。

「か」　かににほひ　妙なる道に　あらはれて　みのりの花や　春をつぐらむ

兼好

※

霊亀山《れいきざん》天龍資聖禅寺《ししょうぜんじ》は春を迎えていた。それは季節ばかりではない。室町幕府の支持を受けた禅宗寺院・天龍寺の創建は、比叡山延暦寺を頭とする守旧派の厳しい批判に遭いながらも、仏教界のみならず、都の人々に新しい時代の開花を知らしめるものであった。

「見事な伽藍《がらん》でございます。」

「やっと四周の整理がつきました。この地はその昔、わが国最初の禅宗寺院・檀林寺が開かれたところで、その後長らく荒れておりましたが、後嵯峨上皇様が仙洞御所を再興され、亀山上皇様も離宮として引き継がれてきたところです。」
夢窓は、天龍寺造営のいきさつを語り始めた。

亀山の仙洞に吉野山の桜をあまた移し植ゑ侍りしが、花の咲けるを見て
春毎《はるごと》に　思ひやられし　み吉野の　花は今日こそ　宿に咲きけれ
後嵯峨天皇

移し植ゑし　山は吉野の　花ながら　かかるためしは　あらじとぞ思ふ
亀山天皇

後宇多《ごうだ》天皇の第二皇子であった後醍醐《ごだいご》天皇は、九歳から十九歳にかけて、この亀山離宮で育った。大堰川《おおいがわ》に釣り糸を垂れ、嵐山の紅葉に小鳥を追い、恵まれた自然の中で、おおらかな気質を育んだのであった。

武家が台頭する時代にあって、後醍醐天皇は王権の復興を夢見た最後の天皇であった。繰り返し鎌倉武家政権の転覆を企てては頓挫、その都度、笠置山に逃れ、隠岐に流されたが、遂に幕府を倒して念願の天皇親政を樹立した。ところが、その建武の親政は、わずか三年で瓦解し、吉野に逃れて再起を期したのであった。

それから三年の歳月が流れて、後醍醐天皇は吉野の行宮で急死する。右手に剣を持ち、左手に法華経を掲げ、「玉骨《ぎょっこつ》は南山に埋もれるとも、魂魄《こんぱく》は北闕《ほっけつ》の天を望まんと思う」と、万斛《ばんこく》の恨みを込めた最期であったと伝えられた。

夢窓は言う。

「予、この戦乱の世に、はからずも命を落とした者累々《るいるい》とあることに菩提心をもって弔わんと、先年より二島六十余州におよぶ安国寺・利生塔《りしょうとう》の建立を思い立ち、足利直義公に進言、八坂の塔を皮切りに寄進に取り組んできたところですが、先帝の訃報はその思いをいっそう強くするものでした。

予、先帝の訃報に先立つことふた月前、先帝、予の夢枕に現われ、僧形《そうぎょう》になって鳳輦《ほうれん》に乗り、亀山の離宮に入られる夢を見ました。
先帝を弔う仏寺の建立を真っ先に決意なさったのは、将軍足利尊氏公です。予のもとへ仏寺開山のお話があったとき、予はそんな夢見もあって、先帝ゆかりのこの地に禅宗寺院を開山することを承諾した次第です。」

尊氏が夢窓疎石を頼ったのは、すでに甲斐の浄居寺《じょうこじ》で夢窓から受衣を受け、弟子の礼をとっていたからでもある。

夢窓は、なおも話を続けた。

「暦応二年に院宣を受けてから、五年の歳月を重ねて、ようやく仏殿、法堂、庫裏《くり》、僧堂、三門、総門、鐘楼、方丈、浴室、輪蔵《りんぞう》から雲居庵に至るまで、工事の一切が完成しました。花園、光厳両法皇様もご臨席され、盛大に落慶式を挙げることができ、予も肩の荷が下りた次第です。」

「造営資金の捻出にあたっては、国師様みずからも御手配なさったと伺っておりますが……。」

ようやく兼好《けんこう》が口を挟む。

「幸いにも禅を修養する僧のなかには、明《みん》に通じている者がおりますゆえ、そのような僧や船主の助けを借りて、天龍寺船を仕立てることができました。」

「池泉のお庭も国師様のお手によるものと伺っておりますが……。」

「庭はこの世の衆生を救わんがための方便です。予も石立僧《いしだてそう》の先頭に立って采配し、出来上がった池には、命をはぐくむ一滴の水への思いを込めて、曹源池と名づけました。登龍門の故事から、正面には龍門の滝もしつらえております。」

と、そのとき、障子の向こうに人の気配がして、声がかかった。恭しく拝礼して静かに部屋に入ってきたのは春屋妙葩《しゅんおくみょうは》である。

「良い時候でございます。よろしければお庭に出られてはいかがでしょう。」

ちょうどふたりが、庭園を話題にし始めたことを春屋妙葩が知る由もなかったが、妙葩の提案は期を得たものであった。夢窓と兼好は、促されるままに腰を上げた。

春屋妙葩は、夢窓疎石の甥である。初めて伯父の夢窓疎石に会ったのは、甲斐の浄居寺であった。以後、仏弟子として伯父に従ってきた。

妙葩の案内で、雲居庵から回廊を渡り、書院の手前を右に折れると、そこにある靴脱ぎ石には、すでにふたりの履物が、一分《いちぶ》のすきもなくそろえられていた。

庭に降り、小径を進むと後醍醐天皇の菩提塚がある。その傍《かたわ》らには、こぼれるばかりに蕾を膨らませた枝垂れの桜がある。その枝は、優に三間《けん》を越えていた。

「言葉では言い難い、素晴らしさでございます。」

「この庭には、吉野山から移された桜があります。おそらくこの木もそうなのでしょう。」

この庭の　花見るたびに　植ゑおきし　むかしの人の　なさけをぞ知る

夢窓

「予、美濃の虎渓《こけい》に永保寺《えいほうじ》を開いたころ、ある日訪ねた山里で、巨大な薄墨《うすずみ》の桜に出合ったことがありました。その見事さが忘れられず、行脚の先々で桜を植えてきました。なかでも甲斐の恵林寺《えりんじ》には、枝垂れの桜を多く植えております。」

「国師様は、修行を重ねて来られた二十余年、ずっと旅を続けられ、十余か所にも移り住まわれたと伺っております。旅の経験の少ない某《それがし》は、ひそかに思ったのですが、それは身を疲れさせ修行の障りにはならなかったのでございましょうか。」

兼好が、遠慮がちに尋ねる。

「予はどこにいても、ずばり悟りの境地を住所としていましたから、東に行き、西に進んでも、悟りの境地を離れたことは一度もありません。」

夢窓はきっぱりと答えた。

※

ふたりは、ゆっくりと歩む。藪椿の真っ赤な落花が、苔の緑に鮮やかに咲く。

しばらく進むと、もの古《ふ》りた椎の大木に出会う。右に進むとなだらかに下る躑躅《つつじ》の小道である。左を選べば急な登り坂となる。夢窓は迷うことなく左の道を選んだ。

「足腰が弱りましてな。近頃は、旅を重ねた頃の自分が、まるで他人のように思えます。」

夢窓は一歩一歩を踏みしめて歩く。力《りき》みのない確かな足取りである。それは修行の結果でもあろう。足腰が弱った、と弱音を吐いてはみせたが、坂道を登る夢窓の呼吸に乱れはなかった。

「ここから都が一望できます。」

檜の木立越しに都の甍や東山の山並みが見渡せる。先ほど仰ぎ見た枝垂れの桜もここでは眼の下である。大方丈の鬼瓦で、せわしく尾を振る鶺鴒《せきれい》の甲高いさえずりも間近である。

夢窓は、はるか遠くを見やりながら、話し始めた。

「予は先年、伊勢に下《くだ》りました。予が生まれたと聞いている地を訪ねてみたのです。

そのあたりは伊勢平氏発祥の里でもあり、平氏落人の里でもありました。余の母も、出自は平氏と聞いていたので、そのとき里人の皆が知己《ちき》のように感じたのです。

その里から南へ一里《いちり》ほどに雲出川《くもづ》が流れ、岸辺に小高い古墳がありました。古墳には、松の木立を透《す》けた光を浴びて、躑躅《つつじ》がいちめんに咲き誇っておりました。里人たちは、この景勝地に寺院を建立したいと、熱心に予に求めてきたのです。そのとき予は、この地で予を産み、予が四歳のときに逝った母のことを想ってみました。結局、母の菩提を弔う気持ちも起こって、雲出川の河畔に善応寺《ぜんのうじ》を開創したのです。」

都で生まれ、都で育って、故郷をもたない兼好は、常に故郷の話題に羨望を感じる。

「某は、これまで都の間近で暮らしてきました。あそこに見える雙《ならび》が岡を終《つい》の住処《すみか》と決めておりましたが、はからずも長生きをしてしまっています。故郷を持たない身ですので、近頃は、どこか遠くの鄙びた山里に、改めて終焉《しゅうえん》の地を求めたいと思ったりしております。」

兼好もまた、はるかな空を見やりながら、禿げた頭をひと撫でした。竹林を抜けた春の風がふたりをすりぬける。

「ところで、先ほどから疑問に思っていることがございます。ひとつお尋ねしてよろしいでしょうか。」

「これは改まって何事でしょう。難しいことはすっかり忘れてしまっていますが。」

「お庭を歩きながらそれとなく探しておりましたが、いっこうに座禅石が見当たりませぬが？」

「この曹源池庭園は、大堰川も渡月橋も、川向こうの嵐山も含めて一体としてかたち造ってあるのです。それゆえ、座禅石は全景を見渡せる嵐山の頂き近くに据えております。」

夢窓疎石七十一歳、卜部兼好六十三歳の、霞み立つ春のひとときであった。

二、行雲流水の章

夢窓と兼好《けんこう》が天龍寺の庭をめぐりながら、話に夢中になっている間、それぞれの従者を務める命松丸《みょうまつまる》と春屋妙葩《しゅんおくみょうは》も、お互いの師について紹介し合っていた。

1、兼好先生の半生

① 蔵人《くろうど》・卜部兼好《うらべかねよし》

私《わたくし》、命松丸がお話し申し上げます。兼好先生の人となりと申しましても、私には確かなところは、この春の空のようにおぼろの中でございます。なにぶんにも先生から折に触れてうかがったことや、先生を訪ねて来られた方々から小耳に挟んだお話をつなぎ合わせたものに過ぎません。

兼好先生は、治部少輔《じぶのしょう》の卜部兼顕《かねあき》様の御三男としてお生まれになられました。出家・剃髪して沙弥戒《しゃみかい》を受けられる前は、卜部兼好《かねよし》とおっしゃいました。先生が兼好《けんこう》と名のられるようになりましたのは、墨染《すみぞ》めの衣に袖を通されてからのことでございます。

卜部家は代々神官のご家系で、先生のお父様は、後宇多天皇様の宮主《みやじ》の職に就《つ》かれておられた時期もございます。上のお兄様は俗名を兼清《かねきよ》様とおっしゃり、天台宗の大僧正になられております慈遍《じへん》様でございます。下のお兄様は兼雄《かねお》様とおっしゃり、花園天皇の御世には、やはり宮主《みやじ》の職に就《つ》かれておられました。

あるとき先生から子どもの頃のお話をうかがったことがございます。先生は八歳のとき、お父様と仏について問答なさったそうでございます。

先生が、「仏はどのようなものでございましょうか。」とお尋ねすると、お父様は、

「仏には人がなっているのです。」と答えられたので、「人はどのようにして仏になるのでしょうか。」と、先生が続けて問われますと、「先の仏の教えによって仏になります。」とお父様が答えられたのだそうでございます。

そこでなおも先生が、「教え始めの第一の仏は、どのようにして仏になったのでしょうか。」

とお尋ねになったので、お父様はとうとう答えにお詰まりになって、

「天から降ったか、地から湧いたのでしょう。」と笑っておっしゃったとのことでございます。

そして兼好先生は、今でも第一の仏のことが気にかかっているとおっしゃいました。

そのお話をうかがったとき私が、

「第一の仏は、お釈迦様でございましょうか。」

とお尋ねしましたら、先生は首を横に振られ、

「もっと先の命のことだよ。」

とおっしゃり、天から降ったか、地から湧いたか、と言ったお父様の言葉が、命の源を言い当てているようで、妙に気がかりだ、と付け加えられたのでございます。

※

さて、話を先へ進めましょう。卜部家は兼好《けんこう》先生の先々代から、堀川家の諸大夫《しょだいぶ》でもございました。そのご縁から、若き兼好先生が堀川の大殿《おおとの》様の家司《けいし》となられたのは、元服なさってまもなくのことでございました。お父様に伴われて堀川の御邸《おやしき》に始めて出仕なさったその日、居合わせた後宇多《ごうだ》上皇様から、

「兼好、宮《みや》を頼む。」

と直々に大御心《おおみごころ》を授かったことを、先生はこれまでの半生で最も緊張したときとして憶えていらっしゃいます。

ご承知かと思いますが、堀川家は源氏の流れを汲む大臣家でございます。代々の大

殿様は、朝廷の重責を担って来られました。先生が出仕なさったころは、先代の堀川基具《もととも》様が太政大臣、当代の堀川具守《とももり》様は大納言の重職をお務めでございました。

具守様の愛娘《まなむすめ》・基子様は、十六歳で後学多天皇様のおそばに入侍なさり、第一皇子をお産みになって、西華門院様と呼ばれておられました。そんなことで堀川家は、朝廷で勢いを得ておられたのでございます。が、その後、摂関家の家柄である遊義門院様が、後宇多天皇様の中宮に迎えられましたことで、西華門院様は、第一皇子・邦治親王《くにはるしんのう》様の御母君であるとはいえ、出自が大臣家でありますがゆえに、公の御立場は御妃《きさき》に留められたのでございます。

邦治親王様の行く末を案じられた後宇多天皇様は、御母君の実家である堀川家で邦治親王様を養育なさることとし、その頃、堀川の大殿様に母子をお預けになっておられたのでした。

「宮《みや》を頼む。」とおおせられた「宮」とは、後宇多天皇様の第一皇子で、堀川の大殿様にはお孫様にあたる邦治親王様、後の後二条《ごにじょう》天皇様その方でございました。

※

先生が邦治親王様にお仕えするようになってほどなく、皇太子様の擁立をめぐって、大覚寺統《だいかくじ》の内部に対立が生まれました。後宇多上皇様は、幾人かの妃のなかでも西華門院様をことのほか御寵愛されておられましたので、第一皇子・邦治親王様を皇太子に推されましたが、亀山法皇様は、後宇多上皇様の第二皇子・尊治《たかはる》親王様を推されたのでございます。申すまでもなく尊治親王様は、その薨去《こうきょ》が本寺創建のきっかけとなりました先帝・後醍醐《ごだいご》天皇様でございます。

亀山法皇様が尊治親王様を推されました背景には、尊治親王様の御母君で、後宇多天皇様とは離別なさって、舅である亀山法皇様の後宮にお入りになっていた、談天門院様の強い懇請があってのことと噂されましたのは、妙葩《みょうは》様もご承知のことでございましょう。

このときは鎌倉幕府の仲介で、邦治親王様の立太子で、矛は納まったのでございますが、このことは、くすぶり続けていた大覚寺統と持明院《じみょういん》統の争いに加えて、大覚寺統の内部に、邦治様派と尊治様派の対立という、新たな火種を残したのでございます。

兼好先生は、今日《こんにち》、二条派歌界の四天王と呼ばれ、また有職故実《ゆうそくこじつ》に通じた能書家としても世に広く知られておられますが、先生に、帝《みかど》の側近として内裏《だいり》の務めをなさった過去があったことを承知しておられる方は、近頃ではもうめっきり数少なくなられたようでございます。

先生は邦治親王様より二歳年上でございました。常に宮様の身近にいた先生は、堀川のお屋敷で暮らされていた日々、宮様とはまるでご兄弟のようであったと、その頃を知る方からうかがったことがございます。

かわらけに味噌を採り、それを肴に酒を酌み交わしながら、『源氏物語』の雨夜《あまよ》の品定《しなさだ》めよろしく、「女は髪のめでたからんこそ……」などと、女御たちを俎上《そじょう》に載せたり、名誉と利得に溺れる治世を嘆き、理想の政治を求めて意見を交換したりしながら、おふたりが語り明かした夜は、二度や三度ではなかったということでございます。

この間、先生は、堀川の大殿様から厚い信任を得ているご自分を感じておられましたし、特定の女御に恋心を抱かれることもなくはなかったようでございますが、邦治親王様の優れた側近として有職故実の知識を吸収し、和・漢・仏にわたる広い教養を身につけ、寝食を忘れて奉仕なさっておられたのでございます。

このころの先生は、若い体いっぱいに、太陽に届かんばかりの夢の中に生きておられたのだと思われます。先生はよく、「内心から想念が湧き出て来るということは、その想念を実現できる可能性を、自分のうちに秘めているということだ。可能性のない人間には、何の内心の疼きもない。」と、若い世代の心構えを私《わたくし》に説かれます。おそらく先生も、お若いときにはそのようにご自分に言い聞かせておられたのでございましょう。

※

持明院統の後伏見天皇様が退位なさったのを受けて、邦治親王様が第九十四代の皇位に就かれ、後二条《ごにじょう》を尊称されて内裏に入られましたのは、天皇様が十七歳、兼好先生が十九歳のときの冬でございました。

兼好先生は、そのまま内裏に付き従い、六位蔵人として宮中の蔵人所に出仕することになったのでございます。当時の政治の実権は、鎌倉の幕府にあり、朝廷のことでさえも、摂政に就かれた後宇多上皇様が握っておられました。が、それでも、兼好先生は、堀川の御邸で、夜な夜な邦治親王様と語り合われた、理想の政治を実現する光明が見えたと感じておられたのでございます。

先生は、堀川の御邸時代にもまして、「清涼殿の御寝所では東の方を御枕になさり、東方の陽気を身に受けられるのがよい」などと、御起居、御衣、御膳などにも誠心誠意ご奉仕なさい、伝宣・進奏をはじめ除目《じもく》や諸節会《せちえ》の儀式など、殿上における諸事をつかさどっておられたのでございます。

そうした宮中行事のひとつに、歌人の方々を召しての当座歌合がございました。

恋しさの　ねてやわするると　思へども　またなごりそふ　夢の面かげ

後二条天皇

こうした歌合せの御座を整えたり、控えに侍って御用に御仕えしたり、詠まれる御歌を自ずと鑑賞なさっておられるうちに、兼好先生は歌心を養われたようでございます。

宮中の蔵人は、その役務を六年間務め上げますと、冠位が六位から五位に昇格し、蔵人所から他の要職に異動されるのが慣例でございます。で、ございますから、先生も例にもれず、六年の後には五位に昇格され、蔵人所から異動なさって、内裏の警護をあずかる左兵衛《さひょうえ》の佐《すけ》の重職に就かれたのでございます。

②　出家

疑いの眼をもって人を監視し、武力で人の言動を左右する左兵衛の役務は、なんとも先生のお気持ちにはそぐわなかったようでございます。そのころから兼好先生の御心には、朝霧のようにひそやかにではありますが、無常の想いが漂い始めたようでございます。お父様と問答なさった仏になる人間のことも、脳裡から離れてはいらっしゃらなかったのでございましょう。真理への道を求めて出家する思いが、日々を追って募られたのでございます。そんな思いがきざし始めた頃の、御歌がございます。

世をそむかんと思ひたちし頃、秋の夕暮れに
そむきては　いかなる方に　ながめまし　秋のゆふべも　うきよにぞうき
兼好

無常の現実をいっそう哀感なさったのが、後二条天皇様の薨去でございました。先生が徳政の夢を託された後二条天皇様は、徳治三年の夏、急の病で帰らぬ旅に立たれ

たのでございます。まだ二十三歳の若さでございました。

兼好先生の出家の動機につきましては、世間でいろいろ詮索なさっておられるようでございますが、出家の動機を先生が話されたことはございません。ただ、私が推し量りますには、世間で盛んに言われておりますように、後二条天皇様や堀川の大殿様の死を儚《はかな》んで出家なさったわけではないように思われます。

堀川の大臣《おおいもうちぎみ》を、岩倉の山庄にをさめたてまつりにし又の春、そのわたりの蕨を取りて、雨降る日、申しつかはし侍りし

さわらびの　もゆる山辺を　きて見れば　消えし煙の　跡ぞかなしき

兼好

確かに後二条天皇様の薨去は、先生の徳政への夢を頓挫させましたし、宮仕えを辞することに影響がなかったとは申せません。それはそうではございますが、兼好先生

は、幼い頃から、人が仏になることに関心を寄せられた方でございますから、先生の出家は、世間の側の事由によるものではなく、先生ご自身の中に膨《ふく》らんだ道心そのものにあったと申すべきでございましょう。そのあたりのお気持ちの流れを、先生はいくつかの歌に残されておられます。

本意にもあらで、年月へぬることを
うきながら　在れば過ぎゆく　世の中を　へがたきものと　何思ひけむ
兼好

なかなか出家に踏み切れずに、世事に関わっておられたころのお気持ちを読まれたのでございましょうか。

世の中思ひあくがるる頃、山ざとに、稲かるを見て

世の中の　秋田かるまで　なりぬれば　露も我が身も　おき所なし

兼好

出家のお気持ちが定まりつつも、まだ決断なさらなかった頃の御心境でございましょうか。

何事も程あらじとおもへば

憂きことも　しばしばかりの　世の中を　いくほどいとふ　我が身なるらん

兼好

いづ方にも又行き隠れなばやと思ひながら、今は身を心にまかせたれば、
なかなか怠りてのみぞ過ぎゆく

そむく身は　さすがにやすき　あらましに　猶山ふかき　宿も急がず
兼好

雛鳥が羽毛を伸ばして巣立つように、「いずれ」の思いが「ただ今」となって、先生は宮仕えの窮屈さから飛び出し、頭を丸められたのでございます。それは而立の三十歳を目前にしてのことでございました。

始めは小野の庄で、私有の田のあがりを糧に、質素倹約の暮らしに身を置かれました。その後比叡山の横川《よかわ》に移られ、今の雙《ならび》が岡は三度目の庵でございます。

さても猶　世を卯の花の　かげなれや　遁《のが》れて入りし　小野の山里
兼好

※

兼好先生が、五位の冠位や左兵衛の重役に未練があったとは思われません。が、なんとなく、世間には未練をもっておられたのではないでしょうか。未練と申すのは適切でないのかも知れません。先生は在家に留まることはなさらなかったのですが、宗門に入って具足戒を受けられ、比丘の道に進まれることもなさいませんでした。

出家なさってこの三十年来、庵は閑暇境《かんかきょう》に構えてこられましたが、歌界の方々はもとより、朝廷の方々、最近では武家の方々とも、ずっとご交際を重ねてこられました。

世間との縁を断ち切ることをなさらなかった兼好先生は、その精神《こころ》のなかでは、出家前にも増して世間の出来事に関心を払われておられるようですし、「世間に同調し人と交際すると、自分が落ち着かない。世間や人は煩わしい」と申されるのが日頃の口癖でございますが、実際に来訪者がございますと、日ごろの口癖はおくびにも出さずに、心から歓待なさっておられます。先生は、つれづれなる時間を楽しまれ、静かに考えごとをされることを好んでおられますが、決して人や世間を避けたり、嫌ったりしておられるわけではございません。

山里は　とはれぬよりも　とふ人の　かへりてのちぞ　さびしかりける

兼好

兼好先生はあるとき、「出家は自分のためにあるのではない。出家は一切衆生の済度のためでなければならぬ」と申されたことがございます。そしてそのとき、「出家しないで、世間にいたままでも衆生の済度はできるのかもしれない」とも付け加えられたのでございます。

先生は、内心の葛藤を克己し、自らが仏になるという個人的な動機で出家なさったようではありましたが、真理の道を修行し、真理を実践するなかで、まさに衆生と共にあるご自分を確信なさっておられるのだと、私には思われました。

そうだからこそ先生は、

つれづれなるままに日ぐらし硯にむかひて、心にうつりゆくよしなし事を、そこはかとなく書きつくれば、あやしうこそものぐるほしけれ。

などと謙遜なさっておられますが、『徒然草』を著わされたことも、先生の世相批評や人生訓が、世間の人々に役立つことを願っての表現だったのだと思われます。
先生は、『徒然草』を書き著すなかで、人間の最も高い価値を精神《こころ》の形成において、国の政治においても、諸個人の人生においても、真理を真心で実践することを説かれておられます。

③　和歌四天王

先にも申し上げましたが、兼好先生は内裏の蔵人を務めておられたころから、和歌の素養を磨かれ、大覚寺統の歌道師範で、御子左家《みこひだりけ》の二条為世《ためよ》様の門に入っておられます。

いったん本気になれば究めずにはおられない先生の精神《こころ》は、やがて世間から頓阿《とんな》、浄弁《じょうべん》、慶運《きょううん》の皆様方と並び称される二条派歌人の四天王になられたのでございます。

頓阿、母のおもひにてこもりゐたる春、雪降る日つかはす

はかなくて　ふるにつけても　淡雪の　消えにしあとを　さぞ偲ぶらむ　　兼好

返し

なげきわび　ともに消えなで　いたづらに　ふるもはかなき　春の淡雪　　頓阿

後二条様の後に花園天皇様が即位されますと、尊治親王様が皇太子に就かれ、後二

条様の遺児・邦良《くによし》親王様がその次席となられました。この裁定は、先生と親交の深かった後二条派の方々に、再び朝廷の中枢に上る夢をよみがえらせたのでございます。邦良親王様の側近方からは、盛んに兼好先生にもお声がかかるようになり、親王様の召された歌会に、先生も席を占められることも少なくなかったのでございます。

先坊御時、御歌合につかうまつりし五首、元亨三年の事にや
くりかへす　頼みもいさや　神垣の　杜のしめ縄　朽ちし契りは
兼好

前坊御前に月の夜、権太夫殿さぶらはせ給て、御酒《みき》などまゐりて御連歌ありしに、
候《さぶらふ》よし人の申されたりければ、御盃をたまはすとて
待てしばし　めぐるはやすき　小車《おぐるま》の
といひおかれて、付けてたてまつれと仰せられしかば、立ち走りて逃げんとする

を、ながとしの朝臣《あそん》に引き留められしかば
　かかる光りの　秋に逢ふまで
と申す

※

夕もやの彼方に明かりを灯した邦良親王様の御即位の夢でしたが、その邦良親王様は皇位に就かれることもなく、御父・後二条様と同様、二十代半ばの若さで薨去なさったのでございます。すでに遁世の身であったとはいえ、来るべき邦良親王様の治世に、いくばくかの期待を寄せておられた先生は、大変落胆なさったようでございます。

結局、先帝後醍醐様の時代になって、先生が願っておられたのとは反対に、世の中の秩序は乱れて戦と下克上に迷い込み、後醍醐天皇様の親政が、皇族方や公家方を優遇し始めますと、現将軍足利尊氏公をはじめとする武家方の反抗を受けて、わずか三年で瓦解しましたことは、天下周知の事実でございます。

大覚寺統の歌道師範家も、京極、二条、冷泉の三家にわかれて覇を競っておられましたが、二条為定様は、持明院統の光厳天皇様の支持で他家に勝るようになられたことから、北朝方に協力する道を選択なさいました。兼好先生もそれに随われたのでございます。

世の中危きさまに聞えしも、ほどなく立ち直りにしかば、中納言殿に
代々《よよ》を経て　治むる家の　風なれば　しばしぞさわぐ　和歌の浦波
兼好

兼好先生は二条派歌人の月並歌会に、今も出られておられます。先般『風雅集』を編纂するお役を引き受けられたときには、これまでに詠まれた御自分の歌をまとめてもおられました。また、夢窓国師様のお誘いを受けて、高野山の金剛三昧院に奉納させ

ていただいたことを、ことのほかお喜びでございました。

兼好先生は都のお生まれで、都のお育ちでもございますし、若くして蔵人所に入られ、寝食を忘れるほどに有職故実の研究もなさいましたので、都や宮中の古くからのしきたりには精通しておられます。そうでありますから、都暮らしに不慣れな東国の武家の方々が、都大路をわが物顔で闊歩しておりますことに、都の伝統が失われはしないかと気を揉まれておられます。が、そのまたいっぽうでは、執権の母君でさえ障子の破れに接ぎを貼るような武家の方々の倹約精神を高く評価なさってもおられます。

東国の武家の方々からは、先生の有職故実の知識が重宝がられ、なかでも将軍尊氏公の執事を務められる高武蔵守師直《こうのむさしのかみもろなお》様からは、衣装はどうするのか、手順はかくかくしかじかかなどと、あの艶書事件までは、三日を空けずに使者が来られたり、御邸へのお呼びがかかったりでございました。

なにしろ高武蔵守師直様は、「都には天皇という人がいて内裏《だいり》や御所があり、その前を通るのに、いちいち馬を降りるというのは面倒だ。いっそ木か金で天皇を作っておいて、生きた院や天皇は、どこかへ流して捨て奉りたいものだ。」と、公言してはばからなかった御方でございます。帝《みかど》の威徳にさえ敬意を御払いにならない御方ですから、その慇懃無礼《いんぎんぶれい》な要求には、先生もいささか閉口ぎみでございました。

※

先ほど「あの艶書事件」と申しましたのは、伯耆《ほうき》の守《かみ》様の悲劇にからんで、兼好先生が武蔵の守様の艶書を代筆したという噂のことでございます。この噂は、きっと妙葩和尚《みょうはおしょう》のお耳にも入っておられることでございましょう。

高武蔵守師直様が、伯耆の国の守護、塩冶判官高貞《えんやほうがんたかさだ》様の奥方・顔世《かおよ》様に横恋慕なさったのは本当のことで、何事にも意を通そうとなさる武蔵守様のご気性が、その後の悲劇を引き起こしたようでございます。

都雀《みやこすずめ》が群れ鳴くところによりますと、顔世様は都の御育ちで、修行を積んだ吉野の聖《ひじり》でさえも心迷わずにはいられないほどの美しさだったそうでございます。狂うほどに迷われた武蔵守《むさしのかみ》様は、侍従を使いに出して想いを伝えさせたのでございますが、色よい返事もなかったところから、今度は文《ふみ》を送ってみようと思い立ち、兼好先生をお呼びになって、艶書の代筆を依頼されたということでございます。

それは、紅葉《もみじ》重ねの薄様《うすよう》で、持つ手もくすぶるほどに香を焚きしめた紙に、言葉を尽くして想いのだけを述べた文《ふみ》だったとのことですが、帰ってきた侍従が、

「お文を御手には取りながら、開けてもご覧にならずに庭に捨てられたので、人目に触れさせまいと思い、懐に入れて持ち帰りました。」

と申し上げたので、武蔵守様はたいそう不機嫌になられて、

「書家というものはなんと役にたたないものか。今日からは、兼好法師をここへ近づけてはならぬ」と、お怒りになったということでございます。

こんな噂が、まことしやかに口から口へと伝え広がってしまったのでございます。人の口に戸を立てられない、とはこのことでございます。私も噂を打ち消して回っ

たのでございますが、大海の一滴、いたずらに終わりました。

その後、武蔵守様は、「塩冶判官に陰謀あり」と言いがかりをつけて伯耆の守様を討とうとなさったので、顔世様の一族は伯耆へ逃れようと試みたのですが、かなわずに途中で無念の自害をなさったのでございます。

いっとき世間で持ちきりになってしまったこの事件に、「艶書の代筆などするわけがない」と、先生はきっぱりと打ち消されておられましたが、さすがの先生もほとほと参ってしまわれ、お食事もすすまなくなり、憔悴《しょうすい》なさって、長らく外出を控えておられました。

こんなことがございますと、急に老け込まれたようで、近頃は弱気な歌が浮かんでくるなどと申しておられます。

世の中ありしにもあらず移り変わりて、馴れ見し人もなくなり行くことを語るべき　友さへまれに　なるまゝに　いとゞ昔の　しのばるゝ哉

兼好

※

未熟者の私が申し上げるのもなんでございますが、私が思いますに、兼好先生は剃髪し、墨染めの衣を纏《まと》ってはおられますが、経典の教条を説かれるわけではなく、人生をまじめに生きる人間の立場で真理を説いておられます。

また、兼好先生は当世最高の歌人の御一人でございますので、感覚を通して外界を見るに止まらず、精神《こころ》の目をもって外観を見ておられ、満開の桜、満円の月……それも美しいには違いございませんが、散りしおれたる桜、むら雲隠れの月にこそ、かえって月花の美しさがあるとも教えておられます。

私は、兼好先生のお傍《そば》でお世話をさせていただけることを心から喜び、偉大な先生の身近にいられる幸せを日々感謝しているのでございます。

今日もまたこうして、本寺にお供つかまつり、私のような者が、春屋妙葩和尚とこうしてお言葉を交わさせていただく光栄に恵まれましたのも、先生のおかげでございます。

合掌

2、わが伯父・夢窓疎石

① 仏門

命松丸《みょうまつまる》殿から兼好《けんこう》法師様の修行の道程を聞かせていただきましたので、今度は私、春屋妙葩《しゅんおくみょうは》が、私《わたくし》の伯父《おじ》の来し方をお話しさせていただきます。伯父と申しましても、この伯父は並みの伯父ではございませんから、本当は国師と申し上げるべきなのでございますが、わざわざ伯父と申し上げましたのは、私の心に夢窓国師の親族であることを自慢に思う気持ちがあるからでございましょう。それこそ伯父が、いや夢窓国師が、是としない邪念でございます。このことは十七歳で伯父の門に入ってこの方、私の脳裏を離れない煩悩でございますが、なかなかに髪を剃り落とすようには頭から離れないのでございます。

このような不肖《ふしょう》な甥が、今や「天下に並ぶ僧なし」とまで言われるほどに高名になられた夢窓国師を語ることが許されてよいものか、恐れ多いことではございますが、ただ、それこそ伯父と甥の身内意識からでございましょうか、伯父は比較的私に、ご自分の身の上のことなどを、つれづれの夜話に話される機会が多かったように思うのでございます。

※

夢窓国師の生地は、伊勢の国でございます。確か伊勢平氏発祥の地でもある勢州片田村であったと記憶いたします。お母様は平氏、お父様は源氏の血筋でございました。国師が四歳のころ、お母様の一族に諍《いさか》いが起こったらしく、それがもとで生地を離れ、お父様の縁を頼って甲斐の国に移り住まわれました。そしてその年の夏、心労からでございましょうか、お母様が亡くなられておられます。

国師は、幼いときからよく経を読み、文字を早く覚えられたそうで、それを見た周りの人々は、「お釈迦様の再来ではないか、必ず僧侶になるであろう。」と口々に言ったという逸話が、お育ちになった甲斐の地では、今も語り継がれております。

国師は九歳のとき、「この子は俗世間に留まる様子がないので僧侶にしたい」とのお父様のご決心で、甲州市川の平塩山寺に入山され、真言宗の僧として得度なさいました。

僧の俗名など尋ねるものではないと申しますゆえ、国師の俗名は伏せさせていただきますが、仏門に入るにあたって、平塩山寺の空阿大徳和尚にいただいた僧名は、智曜《ちかく》と申しました。

国師は、経をお読みになるとすべて暗記され、その意味を尋ねられたそうでございます。

十歳の頃には、すでに法華経を読むまでになられ、仏典のほかに孔孟老荘はもとより、世間の技芸才能に至るまで、あらゆる方面を一生懸命学ばれました。

産みのお母様が早世なさったこともあって、お父様の元《もと》には新しいお母様が入られたのでございますが、この継母も人柄のよい人で、自分の子どもと分け隔てなく国師を待遇し、国師のほうも継母に至誠を尽くされ、平塩山寺で修行されていた頃には、十日に一日は帰省なさっていたようでございます。

この継母こそ、実は私の母の母、私の祖母でございます。私の母は、国師の異母妹にあたり、国師が帰省なさるたびに遊んだり、教えを請うたりしたと、よく申しておりました。

ご馳走を食べさせようと準備をすれば、まわりの子どもを招いて分けて食べたり、近所の家に行ったときには、主人と家族が座敷で食事をしているのに、使用人たちが台所で食事をしているのを見て、将来はみんな平等にしたいものだと心に誓われたり、このように優しい国師のご性格を手本とするようにと、私はよく母から諭《さと》されたものでございます。

少年のころの国師は、故郷の名峰・乾徳山《けんとくさん》にひとり登って、頂上の岩に座し、金色の芒《すすき》が風になびくむこうに富士の勇姿を望んで、沈思黙考する日も少なくなかったようでございます。

※

国師が受戒され、比丘《びく》になられたのは十七歳の歳でございます。南都奈良の東大寺に出向かれ、戒壇院で、一つ悪事を止めること、二つ善事に励むこと、三つ衆生に尽くすことの三聚浄戒《さんじゅじょうかい》を、釈迦像の前で誓われたのでございます。

それからまもなくのことだったそうでございます。国師は、日ごろより教えを受けておられた講師のご臨終に立合われ、その往生の見苦しさをつぶさに見聞なさいました。平生、博学で、さまざまな道に通じておられた僧であったにもかかわらず、生死に臨んでそれが役にたたなかったことを目の当たりになさったのでございます。多聞博学でも悟りは得られない、というこのときの経験は、国師の人生の大きな節目になったようでございます。

そのことをきっかけに国師は、「教外別伝《きょうげべつでん》・不立文字《ふりゅうもんじ》」の立場に関心を移され、自らの罪を自問する百日間の懺悔《ざんげ》に入られました。そして、百日まであと三日という日に、夢の中で唐の禅師「疎山《そざん》」と「石頭《せきとう》」に会われ、初祖達磨《だるま》の半身を描いた軸を与えられたのでございます。

この夢の出会いで、国師は禅宗と縁を契ろうと決心なさい、以後、「疎山」と「石頭」から一文字を頂いて、自らを夢窓疎石《そせき》と名のられるようになりました。

② 自然から社会へ

国師が、はじめて禅宗寺院に入山されましたのは、京都の建仁寺でございます。二十歳になられたそのころから各地の禅僧を訪ねられ、修行行脚《あんぎゃ》の旅が始まります。国師は、その半生を旅に生き、全国各地の自然の勝地で座禅修行を重ねられました。林泉、渓谷、山岳、河川、海辺など自然の変化の相《すがた》から、国師は自己を内省なさり、自然の本性を探って、人間と自然の関係を究めていかれたのでございます。

その結果、「山は山になりきっており、水は水になりきっていて、そのほかのなにものでもない。人間とて同じこと。人間と自然は別のものではない。人間それ自体が人間という自然なのである。あらゆる時空を超えた人間がここに在る」と、悟られたのでございます。

国師の修行の足跡は、北は陸奥の平泉、松島に至り、南は土佐の高知に及んでおります。しばしば鎌倉にも逗留されています。全国各地に庵を構え、寺院を開山されましたが、それでもやはりお育ちになった故郷甲斐で最も長い時間を過ごされておられます。そしてここ十年余は京都に留まられて、洛外へは一歩も出られておられません。
夢窓国師の師匠はと申しますと、仏国国師・高峰顕日《こうほうけんにち》和尚でございます。奥羽に足を延ばされたとき、国師は那須の武茂川《むもがわ》の瓜瓞橋《かてつきょう》を渡って、雲巌寺《うんがんじ》に仏国国師を訪ねられますが、このときはお会いできずに、戻った鎌倉で始めて参ぜられました。

　奈須の山中に庵結びて、住み給ひける頃

月はさし　水鶏《くひな》はたたく　槇の戸を　あるじがほにて　あくる山風

仏国

※

夢窓国師が一つの転機を迎えられましたのは、兼好法師様がご出家なさった歳頃と同様、三十歳を前にしてのことでございました。皐月も末に近いある日、庭前の樹下に一日座禅し、夜更けに疲れて庵に帰られた折、誤って壁のないところに身をもたれ掛けて倒れられたのですが、まさにそのとき国師は独り悟られたのでございます。

「長いあいだ、地を掘って青天を探していた。自分は宗門に入って十年間経った。その間、言句をあさってきた。けれども経文は、ちょうど月をさす指のようなものである。祖師の言句は、門をたたく瓦のようなものである。経文や祖師の言句は、悟りに導く道標を扱ったに過ぎない。」

そのとき国師は、頭の中で観念だけが先へ先へと突き進んで、現実の感覚を鈍らせてしまっていたそれまでの自分を反省され、言葉にこだわって抜けきれなかった非を悟って、今まで持っていた大冊、小冊を窯に入れて焼いてしまわれたのでございます。

のがれ来て　げに見るときは　かはりけり　思ひやられし　みやまべの月

夢窓

このころから夢窓疎石の名は燎原の火のように世間に広まり、国師の滞在を聞きつけると、雲水や大勢の衆生が集まって来るようになりました。そのことを知った仏国国師は、「徳のある者には自然に人が寄ってくるものだ」と、国師に自覚を促され、「小利益、小功徳に安住するなかれ」と戒められたのでございます。

そしてほどなく、「これは自分の師匠である仏光禅師の衣である。これをお前に授けて伝法の信任を表す印とする。この衣を着てくれれば老僧の懐《おも》いがかなう。」と、国師は仏国国師から法衣を授与されます。

命松丸殿もご承知のように、法衣を弟子に授けるのは、宗門の法を伝えたという証でございます。そのとき国師はふるさと甲斐へ向かう別れの席で、仏国国師から「道を求めるものが、世間と出世間をちょっとでも区別するところあれば、真理を悟り、真理に入ることはできない」との垂訓《すいくん》を受けられました。これは最も重要な教えになったと、のちのち折にふれ私どもに語っておられます。

※

甲斐に戻られた国師は、浄居寺《じょうこじ》を開創されます。まだ年端もいかない私が、母に伴われて初めて伯父の夢窓疎石にお会いしたのは、この浄居寺でございました。

甲州笛吹川の水上にすみ給ひける比

ながれては　里へもいづる　山川に　世を厭《いと》ふ身の　影はうつさじ

夢窓

数年を故郷甲斐で過ごされた国師は、やがて美濃の虎渓《こけい》に移られます。虎渓山は、土岐川の岸辺にある自然の景勝地で、なかでも梵音巌《ぼんおんがん》から池泉に落ちる滝の様《さま》は絶景で、その奏でる水音は、水琴窟《すいきんくつ》に勝る癒しでございます。

ところが虎渓山永保寺で一年も経ちますと、また雲水が集まり始めました。「予はここに閑居の地を求めてきたのです。参学の者は、他の尊宿へ行ってくだされ」と、国師は何度も告げられたのでございますが、いっこうに効き目はなく、衆の減ることがなかったのでございます。

濃州虎渓といふ山中に栖み給ひける頃、一筋の道だにもさだかにふみつたへぬ山の奥なれど、参学の志あるたぐひ訪れ来たりけるをいとひ給ひて

世のうさに　かへたる山の　さびしさを　とはぬぞ人の　なさけなりける

夢窓

結局、国師は衆を避けて虎渓を出、京都の北山に移られました。ところがここでも落ち着くことが許されなかったのでございます。

かねてより鎌倉幕府は、「我亡き後は、夢窓疎石を迎えるように」との、仏国国師様

の指示を受けておられましたので、仏国国師様が遷化なさいますと、幕府は国師を無理に鎌倉に招請しようとなさいました。それを知った国師は、浦戸湾を見晴らす土佐・五台山の吸江庵までお逃げになったのでございますが、使者には「連れて来なければ命はない」、住民には「かくまえば命はない」と、戸ごとに捜索がありましたので、国師は他人の難に忍びず、諦めて鎌倉へ赴かれました。しかし、ほどなくして国師は、逃げるように退き、横須賀に泊船庵をかまえられたのでございます。

いくたびか　かくすみすてて　出でつらん　定めなき世に　結ぶかり庵

夢窓

※

それまでは大抵、山間流水の景勝地に庵を構えてこられた国師でしたが、「泊船庵」

は海辺の庵でございました。「茅でふいた家に住んではいるが、天を屋根とし、山々を垣根とし、海が庭である暮らしだった」と、国師はその頃の日常を詩に残されておられます。

「泊船庵」での日々は、国師の修行中で、もっとも静穏の日々であったようでございます。天然の良港を目の当たりに、漁民の釣り居る姿や船を操る技《わざ》を見ながらの座禅でございました。漁民の働く様子を毎日観察するうちに、国師の関心は、水が砂に浸み入るように、自然から人事へと広がっていったのでございます。

相州三浦のよこすかといふ所に、いり海あり、暫しが程、泊船庵といふ庵を結びて住み給ひける比、よみ給ひける

ひくしほの　浦遠さかる　音はして　干潟も見えず　立つ霞かな

夢窓

横須賀の海で働く漁民の技を三年ほど見聞した後、国師は海を渡って、上総《かずさ》の千町の荘に「退耕庵」をかまえられました。

上総のこの地は、当時から足利氏の支配下でございました。今も美田が広がり、肥沃な土壌から最上級の米が収穫される土地柄でございます。「金毛窟」と名付けた座禅窟からは、丘陵に囲まれた稲田が一望に見渡せ、穏やかな山間の地で繰り広げられる農耕作業が眼前に展開いたします。国師は世を退いて耕す「退耕庵」で、農耕の工夫に多くの時間を費やし、鍬も握って自ら土に馴染まれたのでございます。

ある夜、私とふたりきりになられた国師は、伯父と甥の気安さからでございましょうか、山野に座した修禅の日々は自己中心的であった、自然に関心すること多くして社会に関心することあまりに少なかったと、その行状を反省なさっておられる胸の内を吐露されたことがございました。

③ 国家の師

朝廷の耳に夢窓疎石の名声が入らないわけがございません。国師が後醍醐《ごだいご》天皇様の招請を受けられましたのは正中二年、国師五十一歳の春でございました。後醍醐天皇様から「退耕庵」の国師のもとに、「京都の南禅寺に住職せよ」との勅使がございました。が、そのときは、国師は病気を理由にお断りなさったのでございます。時の帝の勅命をお断りするようなことは、なかなかできるものではございません。国師ならではの固い信念があったからのことでございましょう。

その年の夏、今度は鎌倉幕府の執権・北条高時様を通じて再度の勅があり、国師はやむなく「月に三回ほど法話を述べる程度ならば……」と承諾され、南禅寺に入られました。

命松丸殿もよく存じておられますように、今日、南禅寺は京都五山の上に位置づけられております。そのような名刹に、各地を転々としておられた国師が、住持として入られましたことを、快く思われない方々もいらっしゃいました。花園上皇様からもご批判がございました。国師の居心地は悪く、翌年には、「自分の境涯は一片の閑雲のようで変化に富んでいる。釘づけされるなんて、さらさらごめんだ。秋風にしたがって他の国に参ろう」と、詩を残されて南禅寺を去られたのでございます。

その足で国師は、生国・伊勢に赴かれ、雲出川の中流に善応寺を開創、熊野を経て鎌倉へ向かわれました。鎌倉に入られたその夏、錦屏山《きんびょうざん》瑞泉寺を開かれておられます。

鎌倉で五十五歳になられた国師は円覚寺に入られましたが、その年は飢饉の年で、寺内には明日の米もない状態でございました。が、たまたま仏縁に入った者から巨利の寄進がございましたので、人々は危機を免れたのでございます。と申しますのも、国師は世俗の物欲には執着せず、あっさりなさっていらっしゃるのに、やりくり経営の才も具えておられたからでございます。

翌秋、乾徳山の木々が色づく頃、国師は甲斐に帰って乾徳山恵林寺《えりんじ》を開き、池泉に枝垂桜《しだれざくら》を配した庭園を添えられました。

※

元弘三年に入って鎌倉幕府が亡び、隠岐を脱出なさった後醍醐天皇様が京都に還幸し、建武の親政を宣言なさいました。で、その天皇様がさっそくなさったことのひとつが、足利尊氏公に命じて、再び夢窓国師の上洛を促すことでございました。

「自分は禅宗を興そうと思う。師はふたたび南禅寺に住して宗義を揚げ広めよ」との勅を受けて、国師は改めて京都にのぼって来られたのでございます。それ以後、国師の足は京都に留まり、公武の政治機構と親交を結ばれるようになりました。

後醍醐天皇様より、国師号の宣下を賜ったのが建武の二年でございました。後に国師は、光明天皇様から「正覚」、光厳天皇様からも「心宗」の国師号を賜っておられます。

建武三年の正月、足利軍が京都に攻め入り、持明院統の光厳天皇様を推し立てられましたので、天下にふたりの帝をいただく南北朝の対峙になりましたことは、誰もが記憶に新しいことでございましょう。

その南北朝の対峙も、後醍醐天皇様の崩御で転機を迎えたわけでございます。尊氏公にとりましては、一時は大将と仰ぎ、後には敵将として対立いたしておりました後醍醐天皇様でしたが、その慈悲深い心が、敵将追福の禅道場開創を決意し、国師に要請なさったのでございます。

国師は、ご自分のお歳のことも考えられて、西芳寺に隠棲したいと考えておられた時期でしたので、ご辞退なさりたい思いも強かったのでございますが、結局、開山の役目をお引き受けなさいました。この間の戦で命を失った者の菩提を弔い、鎮護平和国家の建設に、新しい仏寺の建立を役立てたいと考えられたからでございます。

先ほど命松丸殿はお話の中で、兼好法師様のご性格を、本気になられると究めずにはおられないと評されましたが、わが伯父も、目的を定められますと情熱を傾けられるご性格でございますから、天龍寺創建への思い入れは並々ならぬものがございました。

とりわけ、天龍寺の落慶に臨んだ日の国師のご様子は、それはもう、言葉では言い表せないほどの気魄でございました。長年お傍に仕えてまいりました私でさえ、あの日の国師の説法、国師の仕草に、驚きを禁じえなかったのでございます。

金襴の袈裟を左肩に荒々しくかけられた国師は、法堂の中央正面に設けられた須弥壇《しゅみだん》にすっくと立たれて、訴えられたのです。

「つつしんで拝察し奉るに、先帝後醍醐は生まれながらの龍鳳のご性格で、その徳は天地を包み、日月も及ばぬご聡明にあらせられる。ひとえに天子としての御運が時を得なかったために、仁風が吹きかけて止んだにすぎぬ。

思うに元弘このかた、この国は乱れに乱れている。兵士が戦って生命を落としただけではない。山川の鳥獣までもがその巻き添えに遭い、神社仏閣、貴賤の住居までが、あるものは戦火につい　え、あるものは盗賊に壊されている。まこと、これ以上の災禍というものはあるまい。これらはすべて、一念の無明が招きよせたものである。

戦争で人が苦しむのは今日に限らず、昔もそのことが多いが、その動機を考えてみると、あるときは覇権をとりあい、あるときは逆臣を誅《ちゅう》するなど、およそ勝つも負け

る も業《ごう》を強め、恨みを深めただけである。

今、征夷大将軍源朝臣《みなもとのあっそん》足利尊氏公、ならびに左武衛《さぶえ》将軍源朝臣足利直義《ただよし》公は、内に知恵の火が燃えあがり、そのふしぎな働きを外にあらわして、恥じ入る思いをあらたにし、罪業をおわびなされようとする……。

そもそも、真理の世界には自分も他人もない。そこにどうして怨みや親しみを見るのか。

ひとたび自己を見失うと、無数の相手が次々と姿をあらわし、世界の治まりや乱れ、人の恨みや親しみの情が生じて、真実はそうではないのに対立し合い、真実はそうではないのに否定し合うこととなる。

美しきかな、この真理は広がって限りもない。真理とは何かと言えば、つまり人々が始めから完全にもっている根元の法のことである。聖人だからといって増すでなし、凡夫だからといって減ずるものではない。大きいと言えば太陽の彼方までゆきわたり、小さいと言えば、髪の毛のうちに隠れる。古も今も、変わりはしない……。

世の中にありとある草木も瓦礫も、およそ生きとし生けるものの作《な》すこと為《な》ること、すべてこの真理の働きでないものはない。

ここに集められた善根は、決して軽いものではない。人々の真心も偉大な慈愛を垂れて、ひそかに感じてこたえなさるにちがいない。そうなれば、戦火は長く止み、四海は平和で、災害はなくなり、万民は安らかになつき、誓願は限りなく広がって、あまねく一切衆生に達するであろう。」

荒木の杖を聴衆の前に突き出され、壇上に設けられた香炉に香を投げながら、凛《りん》としたお声でございました。

※

将軍ご兄弟につきましては、世間の評判は必ずしも芳しいものばかりではございませんが、国師は将軍尊氏公の御心について、

「仁と徳を兼ね備えておられる上に、三つの大なる徳を身につけておられる。御心は強靭で、合戦のとき、御命が終わりになるのではないかと思うほどの危機にたびたび出合ったけれども、笑みを見せられて畏怖の様子はまったくお見せにならなかった。

第二に、慈悲のお心は天性にして、人を悪く見たまうことはなく、多くの怨敵を寛容な心で許されてこられたのは、親が子どもに対する思いにも似ておられる。

第三に、御心広大にして物惜しみの気がまったくない。自分に貢がれる金銀土石をも、財と人とを見比べて取らすことはせず、好きなように持って行かせて、物に執着なさらない。」

と、たいへんお褒めになっておられます。

将軍尊氏公には「仁山」、左武衛の将軍直義公には「古山」の道号を与えてもおられます。両将軍も、公務の合間をぬってしばしば国師を訪問され、親しく法談なさってこられました。

征夷将軍同春来臨の時

山陰に　咲く花までも　この春は　世ののどかなる　色ぞ見えける

夢窓

征夷将軍尊氏、西芳寺の花のさかりにおはして、法談の後歌よみける次に

心ある　人のとひ来る　今日のみぞ　あたら桜の科《とが》を　わするる

夢窓

当然のこととは申せ、両将軍は天下を預かることの苦悩もお持ちですので、歌に託して心のうちを率直に打ち明けられることもございました。なにかとお傍《そば》でお世話をさせていただいております私には、両将軍は国師とのひとときで心が純化されますことを、ことのほか大事になさっておられるようにお見受けいたしております。

世の中さわがしく侍りけるころ、みくさの山をとほりておほくらたにとい
ふ所にて

いまむかふ　方はあかしの　浦ながら　まだはれやらぬ　我が思ひかな

足利尊氏

貞和百首歌めされし時

うきながら　人のためぞと　思はずは　何を世にふる　なぐさめにせん

足利直義

最近の国師は、本日、兼好法師様をお迎えしましたように、訪ねて下さる方々との心おきない思想のやり取りを楽しみになさっておられます。

前半生は山紫水明のうちに修行され、後に京都にのぼって来られますと、短い期間

に公武の社会に溶け込まれて、先帝様や将軍御兄弟はいうに及ばず、多くの武将の方々にも慕われておられますことは、普通の力ではございません。

私は、このような伯父をもった自らのさだめに、常に感謝の気持ちでいっぱいでございますが、近頃では、お傍に侍り続ける者として、この偉大な夢窓国師の実践を継ぎ伝えなければならない責任と使命に、毎日、つぶれるほどにひしひしと胸を痛めているのでございます。

合掌

三、青葉の章

1、娑婆

いつの間にときが流れたのであろうか。天龍寺は、緑陰に雨滴《したた》る季節を迎えていた。夢窓と兼好《けんこう》は、大方丈《ほうじょう》の間に並んで座り、軒端を過ぎる雨の向こうに曹源池を眺めていた。雨粒が、池の水面を忙しく跳ね上げる。次から次へと輝いては消えていく小さな輪紋に、ふたりは人間のさだめを重ね合わせていた。

「雨の天龍寺はいかがですか。」

夢窓が雨の風情を問う。

「青葉が潤って、このうえなく心が安らぎます。」

「旅の道すがら嵐に叩かれたこともありましたが、予はどちらかというと雨を好んでおります。乾いた心には何よりの癒しとなりましょうて。」

先ほどまで渡月橋の下をくぐって、大堰川の川面をかすめ飛んでいた燕が、ふたりの居る大方丈の軒に戻ってくる。いっとき、かしましい雛の声がして、また静寂が訪れる。

「燕が巣を懸けているのですね。」

「燕は、人の住むところを好んで巣を懸けるようです。人の気配が天敵を防いでくれるからでありましょう。」

「ふつうは主人のいる家に、何のかかわりもないものが勝手に入って来たりはしないものでございます。それが、主人がいないとなれば、狐やふくろうのようなもので、わがもの顔で棲みつきます。」

「人の心とて同じこと。主人のいない心には、あらゆる周りの境界《きょうがい》が映ります。

心と境界は深いかかわりがあるものですから、心が一向にその気にならないときでも、物に触れ、かたちを整えれば、善行は自然に身についてきます。」

夢窓は、心を育むためには、環境が大事であることを説く。外部に現れた行為が正しければ、内心の悟りは必ず出来上がってくるという。

夢窓は、衆生済度の確信から、さらに続けた。

「子どもは、ほめて育てることが肝心です。使用人も欠点を責めるよりも、長所を伸ばすことが大事です。無智、無慚《むざん》の僧であっても、信敬されると福田となり、誹謗されれば罪業を招くこと疑いありません。

罰をもって処するよりも、長所、美点を伸ばすことで心は育ちます。一人でも多くの人の心が豊かになるなら、それだけ多くの功徳が人々に行き渡ることになるでしょう。」

雨は少々小降りになったが、未だ降り止まない。ふたりは相変わらず、天龍寺の大方丈に並んで座り、曹源池に雨を眺めながめていた。

「その昔、後嵯峨院がこの地に仙洞御所をお建てになろうとなさったとき、大きな蛇が数知れずたむろしていた塚があったということでございます。」

「その話は、予も耳にしました。天龍寺の創建にあたっては、以前に造られた庭や建物を大幅に改造したのですが、今度は何が現われるかと、作業の者らも半ばこわごわ、半ば楽しみにしておったようです。ところが、残念ながらと申しますか、幸いにしてと申しますか、蛇の群れに替わって、『曹源一滴《そうげんいってき》』と刻んだ石柱が掘り出されました。」

『曹源一滴《そうげんいってき》』でございますか。それでこの池を曹源池と名づけられたのでございますか。」

「ご推察のとおりです。曹源池庭園は、蛇に替わって掘り出された石に由来します。」

※

どうやら雨は止んだらしい。雲の切れ間より明るさがきざし始めた。夢窓と兼好は、おもむろに立ち上がり、大方丈を出て渡月橋へと歩を進めた。

東山連峰から昇った月が、橋の上空を渡って、嵐山の峰に隠れるのである。亀山《かめやま》天皇が、くまなき月の渡るに似たり、と観想したことで名付けられた渡月橋である。

先ほど来の雨を集めた大堰川は、岸の小舟のもやい綱をきしませながら、川幅いっぱいの濁り河となって激しく流れていた。

大井川　つなぐいかだも　ある物を　うきてわが身の　よるかたぞなき

兼好

嵯峨に伝わる哀しい女人の話は多い。『平家物語』によれば、琴の名手で美人の誉れ高かった小督《こごう》の局《つぼね》が、時の高倉天皇に寵愛されながらも、高倉帝の中宮であった建礼門院の父平清盛に疎《うと》まれ、都を追われたとある。

小督が身を潜めたのは、渡月橋にほど近い片折り戸の小さな庵であった。帝の命《めい》を受けて小督を捜していた源仲国は、仲秋の満月が大堰川のさざなみに煌《きら》めく夜、小督が爪弾く「想夫恋《そうふれん》」を耳にし、渡月橋のたもとで駒を止めた。

峰の嵐か松風か　訪ぬる人の琴の音か　駒ひきとめて聞くほどに　爪音頻《しき》き想夫恋

やがて小督は高倉帝の元に連れ戻されたが、それを知った清盛は激怒し、小督の髪を剃り落として再び追放したのであった。

「女人が男を恋い慕うという『想夫恋』の楽章は、もとをたどれば晋《しん》の国の大臣が、蓮を植えて愛でたという『相府蓮』でございました。」

「それは予も始めて知りました。兼好御房はさすがに博識でいらっしゃる。世間の評判どおりです。幕府のご重臣方が何かと頼りになさっておられるのももっともなことです。兼好御房の存在は、ご重臣方にとって心強いことでありましょう。」

夢窓に博識を認められた兼好は、一瞬笑みを浮かべたが、すぐに神妙な顔つきに戻って、禿げ上がった頭を大きくひと撫でした。兼好ほどの人物になっても、ほめられることは心地がよいのである。

「清盛公の所業は、すべて皆迷いの輪廻の基になってしまいました。自分の所業が、愛してやまなかった一族を悲劇に導くとは、髪の毛ひとすじも予期していなかったでありましょうに。」

「ほんとうに、人生には予期せぬことが起こるものでございます。毎日毎日が過ぎ去っていく様子でさえ、あらかじめ予期していたのとは異なるようでございます。一日の間でもこのようなのですから、一年の間、一生の間では、なおさらのことでございましょう。」

人は一日の生活においてさえ、ままならぬものである。今日はこのことをしたいと思っていても、別の急ぎの用事ができて、それに紛らわされて一日を過ごしたり、待っていた人の都合が悪くなって、あてにしていなかった人がやって来たりもする。

期待していたことの方はうまくいかずに、思いもかけないことが実現したりもする。面倒だろうと思っていたことはどうというほどのこともなくて、簡単であるはずのことがなかなか困難であったりもするのである。

夢窓は言う。

「昔からこの世のことを娑婆《しゃば》と呼んできました。娑婆とは梵語《ぼんご》で、欠減《けつげん》と訳します。この人間世界に生まれる者は、皆前世《ぜんせ》からの宿善《しゅくぜん》が薄いために、何事もすべて心にかなって満足することがないという意味です。しかるに、この娑婆世界にありながら、心にかなうことを求めるのは、火の中に入って涼しいことを求めるようなものです。」

兼好が受ける。

「万事にわたって頼みにしてはいけないということでございますね。深く物事を頼みにし過ぎるので、当てが外れたとき他人を恨んだり怒ったり、ことさら苦しんだりすることになります。

愚かな人は、自分の心に合わないことを、いやだと捨ててしまい、自分の心にかなったことのみを願い求めます。

この世が娑婆であることをしっかりと心に刻んでおれば、娑婆苦に陥ることも少ないでありましょうに。」

「娑婆のこの世界で、人の願うところは大概実現しません。そうであるのに欲望は次から次に起こってくるものですから、凡夫の心は動揺して定まる所がありません。時には、わが身の貧しいのは、目をかけて下さってもよいはずなのに、主人がそうしてくださらないからだと、主人を恨む者がいます。自分が治めるべき領地を他人に奪い取られたがために貧しいのだと、腹を立てる者もいます。

これらもまた、ご恩を蒙らず、領地を奪われたから貧しいのではありません。ほんとうは自心の咎《とが》なのです。」

世の中に現れてくる出来事は、ままならぬものであるから、欲心を正すことが肝心である。欲心を正すことで、外界に左右されることの少ない、自己の人生行路が拓けるのである。

「人がいつまでたっても、意に沿う境涯とか、意に沿わない境涯とかを言って、その境涯に大きく影響されるのは、なんと言っても苦からのがれ、楽を得ようとするからでございましょう。もし人が、心にかなうことを愛さなければ、心に背《そむ》くこともないはずです。そうでありますから、我を悩ますものは外境にあるのではなく、自心にあるということでございますね。」

「世俗の凡夫は、無常を常住と思い、楽を求めて苦の日々を送るというように、真実を反対のように思い込む考えから、多くの禍を引き起こすのです。凡夫の思いは、転倒しています。この世が娑婆であることを悟って、楽を求めないのにこしたことはありません。

それなのに世俗の凡夫は、この娑婆世界の中で心にかなうことを求めて執着し、それでも心得ないことが生じ、意図することが成就しないので、神仏に祈ることになります。」

神仏への祈願を容易に肯定しないところに夢窓の懐の深さがある。夢窓は仙術使いでもなければ魔術師でもない。確たる真理の実践者なのである。

「さきほど、予は先年、伊勢に下って予の生地を訪ねたと話しました。そのあと神宮へ足を延ばし、外宮の辺りに泊まったのです。神宮は贈り物を捧げることを禁じております。

予はそのとき一《いち》の禰宜《ねぎ》という人にそのわけを尋ねたところ、『この社に参詣するときには内外の清浄《きよめ》というものがある。外《がい》の清浄というのは、精進潔斎《しょうじんけっさい》して身体が穢れに触れることがないことである。内《ない》の清浄とは、胸中に名利の望みをもたないことである。世間普通、贈り物を捧げることは、皆この名利の望みを適《かな》えてもらおうとするためであるから、内心が清浄ではない。それでこれを禁じている。』という返答でした。たとえばそれは、裁判官が、訴訟をする者から賄賂を取らないようなものです。」

自己に執着し、自己の楽や幸ばかりを神仏に祈願する風潮が蔓延し、それを神社仏閣の側でも、まるで商いでもするかのように応接していることを好ましく思っていなかった兼好は、

「禰宜の話には心が洗われます。さすがは神宮を預かる禰宜でございますね。」

と、明るく微笑んで、思わず相槌を打った。

「今時の人を見ると、朝夕、内には悪い考えを抱き、外では悪い行いばかりしていながら、やはり幸福もほしく、長生きもしたいというので、仏に祈り神に参るのです。しかしながら薬師如来は、衆生の病をなくそうと誓われていますが、世間を見ると、病人でない者は少ないではありませんか。普賢菩薩は、一切衆生に従って仕えようと誓われましたが、世間を見ると従者の一人もいない身分の人が多いではありませんか。」

「禍福は糾《あざな》える縄の如し」、「人間万事塞翁《さいおう》が馬」である。すべてのものごとは常に変転すると心得ることだけが、真実で間違いのないことである。如何なるものごとが少しの間でも現状のままであろうか。この無常の理法を悟ることが肝心なのである。

2、名誉と利得に使われて

嵐山に夏の太陽が戻ってきた。宙《そら》から光の線を曳いて、隔てのない慈しみが地上に降り注ぐ。大堰川の川面に伸びた青葉が、その光を浴びて緑金にきらめく。

夢窓は、嵐山の麓の岩間からこんこんと湧き出る泉を双手《もろて》で掬《すく》って唇にあてた。兼好《けんこう》も続いて喉《のど》を潤す。

「こんな雨上がりは、湿地に遊んで魚や鳥を見ていると、心が楽しくなります。梅雨の情趣は、水をもって主役とするのでしょう。」

「雨に向かって月を恋い、家の中に居て花を想うのも、雨の日ならではのもののあわれでございます。」

「凡夫の、目を喜ばせるだけの楽しみは、味気ないものです。大きな車、肥えた馬、黄金や珠玉の飾りも、情趣を解する人には、ひどく無粋なことだと見えるでしょう。物のうえの利益に心乱れるのは、たいそう情けないことです。」

「名誉と利得にもてあそばれて心静かな余裕がなく、一生を苦しむことは愚かなことでございます。財産が多ければ、それに惑わされます。害を受けたり、禍を招いたりする仲だちともなりましょう。

以前某《それがし》は、ある大福長者から、金持ちになる秘訣を聞いたことがございます。その大福長者が申しますには、『第一の心がけは、人生は永遠に続くものだと考えて、たとえちょっとでも無常観を抱いてはいけない』ということでした。」

「なるほど、無常観は蓄財の妨げになると。」

「左様でございます。無常の理《ことわり》から目をそむける心がけが第一だと申しておりました。

その男が続けて申しますには、『したいことを何でも望みどおりにしてはいけない。欲に引っ張られて思いを遂げようとしたら、百万の銭があっても手元に残らない。欲望には限りがないが、財産には限りがある。限りのある財産で、限りのない欲望を満たし続けることはできない。欲望が心に芽生え始めたら、自分を亡ぼす悪霊が来たと思って、しっかり慎み恐れて、ほんのちょっとしたことでも充たしてはいけない』とのことでした。

第三には、『お金を下僕のように使うものだと考えていると、貧苦を免れることはできない。お金を主君のように、神のように畏れ敬って、ちょっとでも召し使うということをしてはならない』

第四には、『恥ずかしい目にあっても、怒ったり、恨んだりしてはいけない』

第五には、『正直にして約束は堅く守りなさい』と申しました。

そして最後に、『以上の条理を守っているならば、富が来ることは、火が乾いたものに燃え移り、水が低い方に流れるようなものだ。お金がたくさん貯まってきりがないときは、酒宴を開かず、美女に熱中せず、住居も飾らず、自分の欲望を満たさなくても、心は常に安らかで楽しいものだ』とつけ加えて、胸を張ったのでございます。」

「兼好御房のお話は、興味深いお話しばかりです。これもまた、大いなる矛盾を孕んでいながら的を射ている、その道の熟練者ならではの見識ですね。」

「某《それがし》が思いますには、そもそも人は欲望を満たすためにお金を必要としております。欲望があっても満たさず、お金があっても使わないのなら、それは貧者と同じでございましょう。この大福長者の話は、ただ人間の望みを断ち切り、貧しさを気にしないように、と言っているように聞こえます。悪性のおできを病む人が、水に冷やして『気持ちがいい』などと言っているより初めから病気にならないほうがよいことに似ております。

蓄財の欲望を満たして楽しみとするよりは、むしろ、財産などないほうがよいのでしょう。『大欲は無欲に似たり』と言うことのようでございます。」

※

嵐山の赤松や雑木の木立から、いっせいに蝉が鳴き始めた。春秋を知らない夏の蝉の、命のかぎりの合唱である。

夢窓と兼好は、蝉しぐれの中を並んで歩きながら、ものへの欲望について話を続けた。

「予はこれまで、貧しくあれと説いたことは一度もありません。娑婆の世にあって、欲心を抑制せよと説き続けているのです。」

兼好は、出家した頃の体験を思い返しながら、ゆっくり嚙み締めるように倹約の生活について語った。

「昔の人が申しております。『食べ物はただ生きていくだけのものがあればよい。衣服はただ寒さを防ぐだけのことだ』と。今の世では、どんなに貧しい人でも、命をつなぎ、寒さを防ぐに足る衣食はあるものです。たとえ衣食が豊かでないとしても、古代の人々の木食草衣の状態とは比べものになりません。

衣食住と医療が足るならば、生活は足りているのであって、それ以外のことを望むのは贅沢というものだと、某は思っております。

お金があると何でもできると思っている人は、お金のためなら何でもする人です。お金に執着し、迷いの心で利得を追い求めますと、他人を虐げたり、詐欺や盗みをはたらいて罪をも犯します。結局、不自由になり、心も貧しくなってしまうようでございます。

人間というものは、自分の身に受ける所を簡素にして、贅沢を遠ざけ、財宝を所有せず、世間の名誉や利益をむやみにほしがらないというのが立派なことだと思われます。古来、賢人と言われた人で、富裕であるのは稀《まれ》なことです。」

兼好は、だんだんと饒舌になっていく自分に気がとがめ始めていたが、頭をひと撫でると、さらに続けた。

「名誉を大切にするのは、他人の評判を喜ぶからでございましょう。ところが、その他人もやがては死んでしまいます。ほめる人もけなす人も、ともに世に長くは留まりません。伝え聞いた人々も、また速やかにこの世を去ります。誰に恥ずかしいと思い、誰に知られたいと願うのでしょうか。」

名誉と利得の執心を放下《ほうか》することで、心に囚《とら》われをなくすことを説く兼好の話を聞き終わると、今度は夢窓が熱く語り始めた。

「世間で福を求める人は、あるいは農作などの業《わざ》をやり、あるいは売り買いなどの計《はかり》ごとを巡らし、あるいは手わざ・技芸の働きをやったり、あるいは人に勤め仕えて福を得ようとしたりします。やることはそれぞれ違っていても、そのねらいは同じです。

その有様を見ますと、一生涯、ただその身が苦労するばかりで、そのねらいのとおりに求められた福もないようです。そのなかに、たまたま求め得て一時的に楽しむようなことがあったとしても、あるいは火事に遭い、洪水に流され、あるいは悪人に盗られ、税に召し上げられたりします。

たとえ一生の間、このような災難に遭わなかった者でも、寿命が尽きるとき、その福が身についていくことはありません。

『生きている限り福を願う心は生まれてくるものだから、欲心はほんとうに抑えられるのだろうか』と疑う者がいます。欲心を抑えることは、決して容易ではないでしょう。しかしながら、欲心を抑えようとする気持ちが、福を願う心のごとくにねんごろに行き届いていれば、決して捨てにくいわけではありません。

世渡りが下手だから貧しいのではないのです。福を求めようとする欲心をさえ捨ててしまえば、福の受け前は自然に満ち足りるでありましょう。

しかしながら、欲心を捨てればより大きな福が得られると思って、これを捨てようとするのであれば、謀《はかりごと》をめぐらして福を求める人となんら変わりはありません。

予は、福知そのものを嫌っているのではありません。世間の因縁によって生ずる福の悪業や煩悩に囚われて、とりとめもない知慮分別に惑わされずに、本来具えている真理を確信する精神《こころ》、清浄無垢識《せいじょうむく》に目覚めさせせんがためなのです。

人間が真理の道を志して、他人に功徳を及ぼさんがために、至誠心で修行して実践真理の境地に至るならば、身に受けるところの功徳も広大でありましょう。」

四、秋草の章

1、働く功徳

畔に燃える真っ赤な曼珠沙華《まんじゅしゃげ》に秋の風は落ちて、稲田の空に秋茜《あきあかね》が群れ飛ぶ。嵯峨野は、穫り入れの季節をむかえていた。

農夫たちは、右手に利鎌《とがま》を握り左手で稲を摑んで、次から次へと刈り取っては束《たば》ね置く。そのひと束ひと束を稲架《はさ》に掛け干すと、やがて田中に稲穂の屏風ができあがる。

夢窓と兼好《けんこう》は、蝗《いなご》の跳びはねる野道に立ち止まって、農夫の作業に敬愛の眼差しを向けていた。その眼差しを透して夢窓の脳裏には、横須賀の海や上総《かずさ》の田畑が、鮮やかによみがえってきた。

夢窓は、横須賀の海を見晴らす「泊船庵」に籠もっていたとき、潮分けて漁る舟を目近に見、波を打つ艪の響きを聞きながら、漁師たちの働く技をつぶさに見聞した。

上総の「退耕庵」では、農夫に交じって自らも鍬を握った。代掻《しろか》きをし、早苗を植えて穫り入れをする。それまでは外界の風景にすぎなかった稲田が、鍬を握って働きかけることで、自己と一体のものとして関わってきた。人間の思いを田畑に具現し、田畑はその結果を人間に返す。人と自然の質量交換である。

「予《よ》、横須賀の海や上総の田畑で働く衆生に学び、自らも体験することを通して、人が働くということには、三つの功徳があることを知ったのです。

ひとつは、自然の理《ことわり》を知るということです。働くということは、闇雲に活動することではありません。人は意図を持ち、意図を実現するための計画を頭のなかに描きます。自然の理《ことわり》を知れば知るほど、それだけ的確な計画を描けることになります。的確な計画を描くことができれば、意図した成果を得ることが必定です。

人間は働くことで自然の理《ことわり》を知り、その理《ことわり》を体系にまとめて、学問を生み出したのです。

ことわりを　そむくそむかぬ　二道は　いづれもおなじ　迷なりけり
夢窓

ふたつには、人格を創るということです。意図した成果を意図どおりに得るためには、計画に沿って、自分の頭や身体を適切に活動させなければなりません。働くということは、自分を制御し、自分を律することなのです。たとえ強い意図があり、詳しい計画が描けたとしても、勝手気ままに言動していたのでは、意図した成果は得られません。働くことは、自己を知り、自己を正し、自己を創ることなのです。

働くことの三つ目の功徳は、布施ということです。はたらくという言葉は、傍《はた》を楽にすることからできています。働くことは、自分だけでなく、他の人々に役立ちます。

ひとりの健康な成人がまっとうに働くならば、その人が費消するよりも多くの成果を得ることができます。その余剰の成果は、さまざまな過程を経て他の人々に役立っているのです。予のような僧侶は、その余剰のお蔭で、暮らしが成り立っております。人間と畜類を隔てているのは、働くということにおいてなのです。人の相《すがた》は、働くなかに最もよく表われることを知るべきです。人が何者であるかは、その人がどのような働きをしているかによって、大方《おおかた》知れるのです。その意味で、熟練者や専門家は尊い存在です。」

夢窓は、「泊船庵」や「退耕庵」の日々の中で、自然から人事へと関心を深め、人間の働くことの尊さを確信した。

自然と関わること深くして、世間と関わることとあまりに浅かったそれまでの自分を反省することで、それから後の夢窓は、現実の政治や社会に関わりを深めてきたのである。

それは師匠の仏国国師から受けた、「世間と出世間をちょっとでも区別するところあれば、真理を悟り、真理に入ることはできない」との教えの実践であった。

※

夢窓の思想を興味深く聞いていた兼好は、自らを省みながら、二、三度軽く頭を叩くと、例によってくるりと禿げた頭をひと撫でした。

「某《それがし》は若い頃、宮中にいて禄を食《は》んでおりました。わずかではありますが、今でも私有する田畑の上がりを糧に、気ままな暮らしをさせてもらっております。お説をうかがって、某がこうして此処《ここ》に在りますのも、他人《ひと》の働きが産み出す布施のお陰だと、改めて感謝の思いが湧いてまいります。」

兼好は、数珠の手を軽く合わせ、再び言葉を続ける。

「遁世の身の某が、ここは自分を棚に上げて申すのですが、ただ今国師様がお説きになった働くことの功徳を、今の世の衆生は、まるで理解していないように思うのです。

とりわけ、公家や上層の方々は、いわば働く衆生に寄生しているようなお立場ですから、働くことの功徳を真摯に受け止め、働く衆生のために尽くさなければなりません。公家や上層の方々が、働く衆生への感謝と慈しみの念を失えば、存在それ自体が罪過ともいえる御自分のお立場を、償えないと思われます。

かつて人は、生きるために働きました。それでもなお、生きることは受苦でした。しかしながら、働く能力は高まり、時代は進みました。今は働きさえすれば食える時代になっています。それなのに未だ凡夫は、食うために働くのだと思っています。今の時代は、働けばおのずと食えるのですから、より豊かな功徳があるように働くこと、いわばより人間らしく働くことが大事なはずでございます。」

封建制度は土地を第一の生産力としていたが、生産用具の改良や耕作法の工夫は、人間そのものに備わる労働能力の価値を高めつつあった。

それゆえに、身分と土地所有に拘泥した後醍醐天皇の政策は失敗し、田畑で働く労働の価値を知って、労働力重視へと向かう時代を正しく見据えた足利尊氏の政策が成功したのである。

夢窓は言う。

「働くこと、布施することは、自分を他人に与えることです。働いた成果物の布施はもとより、知識や技能においても布施となります。働くこと、布施することは、物を与えるばかりでなく、心を与え、真理を与えることです。」

兼好は、働く功徳を説く夢窓の思想に新鮮な感動を覚えながら、いちいち大きく頷き、また禿げた頭をひと撫でした。

「某は思うのですが、布施をするのは、自分だけではないわけですね。自分と同じように他の天もまた、布施をします。他の人から見れば、某が『他の天』にあたります。そこに相互に、『吾』だけでない『吾等』の関係が、成り立つわけでございますね。」

「御房のご指摘は、きわめて重要なことです。今時の凡夫の中には、働かないことをよいことと決め込んでいる者もいますが、それは他人からの布施は受け取りながら、自分は誰にも布施しないという、身勝手な立場です。にもかかわらずそういう凡夫は、そのことにすら気付かず、自分ひとりで生きていると思っているのです。」

ことの本質は、人間が個人としてあるのではなく、社会としてあることである。

「某、最近、憂慮していることが他にもございます。」

兼好は、その憂慮することに話をつないだ。

「その道の熟練者や専門家のなかに、専門の道を磨くことをおろそかにして、専門外のことを愛好する者が増えております。熟練や専門のことに比べて、専門外のことは、どのみち軽く見られることでしょうに……。なかでも近頃は、武術を愛好する者が増えています。武術と無縁であるはずの法師までが、武術の道に打ち込んでおります。法師だけではございません。上達部《かんだちべ》や殿上人など上層の方たちまで、広く一般に武術を頼む者が多くなっております。

武術は人倫に遠く、鳥獣に近い振る舞いですから、誇ってはいけないのが武術でありましょうに。」

武術を誇る心が潜むから戦が始まるのである。いかに専門家が尊いとはいえ、武術の専門家が活躍するとき、衆生は苦しむことになる。

いつの間に兼好の肩に取り付いていたのであろうか。産卵の場を求めてさ迷う秋の蟷螂《かまきり》が、翠の目玉をぎょろつかせながら、振り挙げた鎌を大きく左右に振っている。蟷螂の本能がなす精一杯の「武力」の誇示である。気付いた兼好は、なんなくその首元を摑むと、芒の穂にそっと置き、話に戻った。

「どの道に限らず、専門家が、たとえまだ下手であると言っても、上手な素人より必ず勝ることになるのは、専門家が気を緩めず慎重にして軽々しくなさないのに比べて、素人はあれこれ横道にそれ気ままにするからだと思われます。

芸能や職業ばかりではございません。日常の行動や心遣いも、鈍くても慎み深いのは成功のもとで、達者ぶっているが自分勝手であるのは、失敗のもととなるようでございます。」

「人生もまたそのようでありましょう。」

2、愚人・賢人・真人

自然のままに茂っている秋草の野良は、置き余る露に埋もれて、流れゆく鑓水《やりみず》の音も静かに聞こえる。空を見上げると、雲の往き来が、都で見るよりも早いような気がするのである。

芒《すすき》、桔梗《ききょう》、萩《はぎ》、女郎花《おみなえし》、藤袴《ふじばかま》、紫苑《しおん》、吾木香《われもこう》、竜胆《りんどう》、野紺菊《のこんぎく》など秋の草の趣はこのうえない。白菊もまた……。もののあわれは、秋がまさっているのであろう。

嵯峨野の野道を歩く夢窓と兼好《けんこう》に、話題が尽きることはない。

「凡夫が我が心と思っているのは、実の心ではありません。消滅心、幻心です。それは、灯し火の焔が燃え揺らいでいるがごとくです。

凡夫の知慮分別というのは、『二度あることは三度ある』と得心したかと思うと、今度は同じ事象を、『三度目の正直』と解して得心するようなものです。偶然の現象を恣意によって慰めているにすぎません。そこでは個別の経験にとどまっているので、ことは事実ではあっても真実ではないのです。凡夫の知慮分別では、成就するのも頓挫するのも、偶然の結果にすぎません。

そうは言っても経験が蓄積されると、『このもの』を超えて『どんなもの』をも対象にしえる経験則が見えてきます。そうですから、個別で具体的な『このもの』の経験が、単なる事実にとどまらず、『どんなもの』をも貫く真理を導くことになります。そこで、普遍の真理たりえるかどうかは、解釈の問題ではなく、実践の問題です。労働はまさにその真偽を検証する格好の実験場なのです。

今時の学ぶ者は、そうした奥深い旨を悟らないで、宗師があれこれ言った文句を書き記して憶え、宗派の宗旨について良し悪しを推し量って、諸宗の優劣を批判しています。

経文の解釈、孔孟老荘の教え、外道世俗の論までも、知っているということに価値があると思っているのです。今時の学者、多くは真実の道心はありません。名聞、我聞を先とするが故に自己のことをもいまだ理解できていないのに、あれこれを学習するのが務めと思っているのです。」

「知識を得た者が、それを知っただけで、善意志を持ち合わせず、もののあわれや慈悲の感性も鈍いのならば、愚人と変るところがありません。

あくまでも学問それ自体を求めて賢くなりたい人のためにいうなら、知識が人間に発達することで偽りがあるようになったのです。才能は煩悩が増長したものです。人から伝え聞いたり、人から学んだりして知るのは、本当の知恵ではありません。実践できない知識であるなら、それは単なる妄想でございましょう。」

道を究めた精神《こころ》には隔《へだ》てがない。真理は、あまねく通ずるものである。夢窓と兼好は、不思議なくらいに意気が合った。いっそうふたりは思想の交換に身を置いた。

「大工や鍛冶の才芸を学ぶ者が、たといその才学を吐く弁説は抜群であっても、木を削る調法もなく、釘をさえ作れない分際であるなら、大工・鍛冶のうちに入れることはできません。いわんやその才学を頼みにして、世を渡る手立てとするにおいてをやです。

悟りの道に行き着くために、先ず学習をして、しかるのちにその学解によって修行しようと思えば、学ぶことが未だ尽きないうちに、その命がすでに終わってしまいます。人の命は百年の内に限られています。習うべきことは、無量無辺にあるのです。」

そう語りながら夢窓は、書物に拘泥し、頭の中に観念ばかりが膨らんでいた若き修行の日々を思い返していた。どれだけ大冊、小冊を読みあさっても、内心にうずく怯懦《きょうだ》は消えなかったのである。

人生に予行演習はない。人は、人生を生きながら人生を学ばなければならない。傷つくこと、誤ることに臆病であっては、人生行路は乗り切れない。創痍《そうい》を恐れず闘い、誤りを正すことに巧みでなければならない。そのとき、みずみずしく清浄な感性が、援《たす》けとなるのである。

のがれこし　身にぞ知らるゝ　憂き世にも　心にものの　かなふ例《ためし》は

兼好

※

「人間としては自分の長所を自慢せず、他人と競争しないのが美点だと思われます。他の人より優れているところがあるのは、大きな欠点のように思われます。家柄の高さでも、学問や芸能が抜きん出ていることでも、祖先に偉い人が出たという評判でも、自分が他の人より優れていると思っている人は、たとえ言葉に出しては言わなくても、心の中に多くの欠点があります。

こうした他人《ひと》より優れていることは、深く用心して忘れるのがよいようです。馬鹿げていると見られ、他人からも非難され、災難までも招き寄せるのは、ただこの驕《おご》り高ぶる心のためだと思われます。

真にひとつの専門に熟達してしまった人なら、自分ではっきり己の欠点を自覚していますから、自分の望みがいつも満たされることがなくて、最後まで他人に自慢するということがないものです。」

兼好は、他の人より優れたところがあるのは、かえって欠点になると言う。夢窓もまた慢心を戒める。

「人が魔道に入るのは、修行の咎《とが》ではありません。道徳に誇り、慢心を起こすからです。

たとえば、世間で合戦の忠勤を果たし、奉公の功を積むことによって、恩賞にあずかること余人に勝っている人がいます。この人がもし、恩賞に誇って過分の振る舞いをするときは、必ず誅罰《ちゅうばつ》に合うことになります。これはすなわち恩賞の咎ではありません。恩賞によって誇る心を起こした故です。

真理を確信した人が、他人の是非を言わないのは、是非は実際にあるけれども、これを口にしないということではないのです。自他の相《すがた》を一切見ないので、是非を口にすべきものがないからなのです。」

凡夫がなす他人の是非は、他人を非することで、自分を是そうとするやり方である。盛んに他人の悪口を言うことで、満腹の畜類のように満足している。

「すべてに欠点がないようにしたいなら、どんなことにも誠実さがこもっていて、人を区別しないで、誰に対しても同じように敬意を示して、口数の少ないことに勝ることはありますまい。すべての欠点は、ものごとに習熟しているように上手ぶって行動し、立派な地歩を占めたような振りをして、他人を侮《あなど》り軽んじるからでございます。

某《それがし》は、しばしば申しております。もし、どうしても人より優越しようと思うのなら、ひたすら学問をして、その学才が他人よりも優越したいと思いなさいと。なぜと申しますには、ものごとの道理を学び知るなら、自分の長所を自慢せず、他人と争ってはならないということがわかるからでございます。」

「賢人の相《すがた》もなく、愚人の相《すがた》もないのが人間の真理です。そうであるのに、みだりに愚人・賢人の相《すがた》を見ます。これを愚人と名づけるのです。そうでありますから、愚人・賢人の相《すがた》を見ないのを、真の人と申すのです。

もし人間の真理を悟ってしまえば、元来、生死の相《すがた》もないことがわかります。正にこれこそ真実《まこと》の延命《ながいき》の方法です。また、禍《わざわい》の相《ありさま》を見ません。これぞ真実の無事平穏です。貧富の相を離れてしまうから、まさに真実に増益《ふえること》です。怨敵《おんてき》だと言っていやがる者もいないのです。これまさに真実の調伏です。憎いとか可愛いとかの隔てもありません。これこそ真実の敬愛というものでしょう。」

心とて　げにはすがたも　なきものを　よしあしとなど　思ひわきけむ

夢窓

3、清浄な精神《こころ》

斜陽に光る真竹が風に揺れて、カーン、コーンと静寂《しじま》に響く。かの唐の白楽天は、小さい池を掘って、その辺《ほとり》に竹を植え、これを愛《め》でたという。竹は芯《しん》が空《くう》で、そのかたちがすっきりしているから、わが友とし、水はその性質《たち》が清らかだから、わが師とするという。

竹林の道に入った夢窓と兼好《けんこう》は、黒木の鳥居の前に来た。小柴垣に囲まれた野宮《ののみや》である。秋草の陰で、恨みごとを言うような虫の音が、もの哀れさをつのらせる。

野宮は、伊勢の神宮へ遣わされる斎王《いつきのみこ》が、禊《みそぎ》のために籠る社である。亀の甲羅で占う卜定《ぼくじょう》で、斎王は未婚の皇族女性から選ばれていた。

後醍醐《ごだいご》天皇の皇女祥子《さちこ》内親王は、斎王《いつきのみこ》となって禊の日々を送っていたが、伊勢へ群行《ぐんこう》することなく退下していた。父帝にちなむ南北朝の騒乱は、六百年を超えて皇祖に仕えてきた斎王の制度を廃絶してしまったのである。

「野宮も、今となっては主なき社でございます。長い歴史のなかでは、再び都へ戻ることもかなわず、遠く離れた伊勢の地に、骨を埋められた姫宮もいらっしゃったことでしょう。」

そう語りながら兼好は、いつぞや出会った群行《ぐんこう》で、葱華輦《そうかれん》に乗った斎王の、どこか寂しげな美しい目鼻立ちを思い浮かべていた。

※

姫宮が斎王に転じたように、何者かに成りきれた人間は、その生涯を通して、自己を知り、自己を正し、自己を創ることに優れていた人である。

「自分を知らないで、他人のことを知るという道理のあるはずがありません。及ばざることを望み、かなわぬことを憂い、来たらざることを待ち、他人に対してつまらぬ恐れを抱いたり、むやみに媚《こび》へつらったりするのは、他人から与えられた恥ではないでしょう。やたらに欲を張る自分の心に引っぱられて、自分で自分を辱めているのだと思われます。

歌留多《かるた》遊びをする人が、自分の手前は差し置いてよそを見渡し、人の袖の陰や膝の下まで目を配っている間に、自分の前の札《ふだ》を取られてしまうことがあります。よく取る人は、よそのまでむやみに取るようには見えないで、近いところばかり取るようですが、結局その方が多く取ります。

あらゆるものごとは、自分の外へ向かって追求してはならないのです。ただ、もっとも手近なところを正しくしなければなりません。」

自心を知らねばならないと兼好は言う。その兼好を受けて、夢窓は人間の心の核心について話し始めた。

「御房のおっしゃるとおり、自分を知るためには、自分の心を知ることが肝要です。ただ、心という言葉には、意味に区別があります。

心の基礎をなすのは、六つの識です。眼識、耳識、鼻識、舌識、身識、それに意識です。別に六根とも呼んでいます。

漢語でいう染汚意《ぜんまい》は第七識です。第七識は、末那《まな》識とも呼ばれます。本来清らかである心を汚す煩悩と考えてよいでしょう。

知慮分別も心です。生き物にはすべてこの心があります。凡夫が我が心と推し量るのはこれです。これは識の中の第八識です。漢語では含蔵識とも阿頼耶《あらや》識とも呼んでいます。第八識は、迷妄と悟りとが和合している心なのです。第七識、第八識の二識は、大乗仏教になって初めて説明するようになりました。そしてこれらの識までは、皆生きものが具足する心法の類に入ります。八識の上に第九識を立てます。それを漢語では、清浄無垢識《せいじょうむく》と言っています。これはすなわち衆生の本心です。それは迷ったときも、その迷いに汚されない最高の心なのです。」

夢窓は、人の心には九つの階層があると説く。境界《きょうがい》を明鏡のように映し出す眼識、耳識、鼻識舌識、身識、意識が、心の基礎をなす六つの識である。生きている限り本能的にはたらく自己愛、利己心が第七識である。それは衝動的な欲望の支配を超えてはいるか、個別の経験に基づく知慮分別を超えることのない迷いの心である。

第八識は、経験を思索する心、個別の経験を一般性・法則性へと上りつめていく過程である。いわば学問であり、教養である。それは概念的・抽象的に思考できる能力、思慮的、自覚的な理性である。

そして、心の最高段階は、清浄無垢識と呼ばれている。煩悩にも汚れない清らかに澄んだ精神《こころ》である。それは、誰にでもあり、真理を確信する精神《こころ》、真如《しんにょ》を実践する真心である。

聞くは耳　見るはまなこと　おもふなよ　われにあまたの　ぬしはあらじを

夢窓

※

まっすぐに伸びる真竹を、下から高く目で追いながら、夢窓は一呼吸おくと、言葉に力を込めた。

「真実の道心とは、清浄無垢識を信じることです。清浄無垢識は、人間だれでも本来具足しているもので、それぞれ円満成就しているものです。凡夫においても、足りないことはなく、聖人においても余分にあるというものでもありません。人間だれにも清浄無垢識が潜在し、古今に亘って一向に変わりはないと信ずるのを、真実の道心というのです。

世間の名利を捨てて山林に庵を結び、滝の音、松の風に心を澄ませるのを、凡夫は道心と思っています。すべて皆、空なる境地を、真実《まこと》の仏法だと思っている者もいます。無常の理を知り、因果の謂れをわきまえて、世間の名利を捨てるのは、常ざまの愚人よりも賢い智恵といえますが、この分際では功徳を生ずることはできません。」

人間は、修行を重ねて、段々と真人になるとは限らない。ある日突然、清浄無垢識に目覚めることもできる。本来、自分にも他人にも具わっている清浄無垢識を信じることで、真人になるのである。

夢窓は、道心の本質を語り、禅宗の宗旨を説く。

「重要なことは、たったひとつのことです。それは、真理が吾等を自由にするという確信です。普遍の理《ことわり》を真心で実践する、と言い換えてもよいでしょう。

近頃の仏教界は、信仰の仕方にばかりこだわって、その真髄を見失いがちです。そもそも禅宗にも決まった修行のかたちというものはありません。禅とは、梵語《ぼんご》です。詳しくは禅那《ぜんな》といいます。漢語では正思惟《しょうしい》と訳しています。または静慮《じょうりょ》とも言っています。

本尊も何仏を信ぜよ、と定めたことはありません。禅宗を信じていても、座禅をするだけが正しい行だ、余事・余行は無駄なことだと思うなら、それは誤りです。

かんじんなことは、ただ誰でも本来具足していて、それぞれが円満に成就している根底をはっきり指摘したことにあります。すでに誰でも具足していると言っているのです。

しかもそれは、ただ単に道を志す者のみが円満に成就しているのではありません。野良仕事をする者が農業をせっせとやっているところにもあり、鍛冶、大工などの巧みのわざをやっているところにもあります。一切衆生の行動、見聞覚知、日常生活、遊戯談論そのものが、皆ことごとく清浄無垢識の確信する真理でないものはないのです。その上、先の仏となった人の教えに随って種々の善行を納める人ならば、なおさらのことです。」

夢窓の諭《さと》しに静かに耳を傾けていた兼好は、また頭をひと撫でると、数珠を握る手に力を込めて、ひと言ひと言嚙み締めるように話した。

「某《それがし》は、幼い頃から、仏になりたいと思っておりました。出家後しばらくたって、ようやくわかったように思ったのですが、仏とは、さまざまな悪をなさず、生死に執着することなく、生きとし生けるものに慈しみを深くし、修行の進んだ人を敬い、衆生を愛《いつく》しみ、何事も厭《いと》うことなく願うこともないようにして、心に悩みもなく憂いもない人だということです。さらにこのほかに、仏を求めてはなりますまい。」

兼好が八歳のときに父に尋ねた仏の正体は、ここに帰着していた。仏とは、人間の実践をいうのであって、もとより手を合わせて拝む仏像ではない。

兼好の見解を受けて、夢窓は遠慮しがちに言う。

「しかしながら、そうした仏の所業を意に留めている間は、仏になりきれないでしょう。修行者に大切なことは、そうした悟りにとらわれないこと、悟りを忘れ去ることです。悟らなければ、忘れることもないのですが、悟ってさらにそれを忘れることは難しいことです。」

すると兼好は、夢窓の指摘を、すでに承知していたかのように、得意の逸話で表現して見せた。

「法然上人様に、ある信者がお尋ねしたときの話でございます。

『念仏を唱えているとき、眠気におそわれて勤行を怠ることがありますが、どのようにしたらこの妨げを克服できるでしょうか』とお尋ねしたそうです。

すると上人様は、『眼が醒めている間だけ、念仏を唱えなさい』と答えられたそうでございます。

またさらに、『極楽往生は、きっとできると思えばきっとできるし、できるかどうか不確かだと思えば不確かなものなのです』ともおっしゃったそうでございます。」

「それは、まことに尊いお言葉です。」

4、一切衆生のために

夕日に照らされた小倉山の紅葉を、白鷺が二羽三羽、優雅に飛んでいく。紅葉に飛ぶ白鷺は、青田に遊ぶ白鷺に、負けず劣らず美しい。

夢窓は、いきなり路傍の紅葉の下に寝転んだ。梢の間から、茜の空に浮かぶうろこ雲が、覗いて見える。

「御房もこうしてごらんなされ。」

夢窓の意外な振る舞いに、兼好《けんこう》は一瞬驚いたが、迷うことなく夢窓の横に寝転んだ。

「日ごろ見慣れた景色でも、こうして違った目線で向き合いますと、新たな世界の広がりを感じます。」

「左様でございますね。紅葉に吸い込まれていきそうな、そんな不思議な心地でございます。」

ふたりは寝転んだまま、紅葉の下でしばらく時を過ごした。色あせた病葉《わくらば》が一枚、はらりと兼好の頬に散った。紅葉の葉も、とこしえにひとつの枝には住みがたいのである。

落ち葉風に随ふといふ題

空にのみ　さそふあらしに　もみぢ葉の　降りもかくさぬ　山の下道

兼好

ふたりの話題は、すぐまた人間の真実に戻った。

「凡夫が迷いに沈んでいるのは、わが身に囚《とら》われ、自分のために名利を求めて、種々の罪業をつくるからです。それ故に、ただ自分の身を忘れて、衆生を益する心を発《おこ》せば、大慈悲が心の中にきざして真理と出会うために、自身のためにも、ものごとは速やかに成就します。」

「お互いが布施し合っている人間社会にあって、自分のためにのみ生きようとすることには、もともと無理がございます。

菩薩とは、一切衆生のために真理を求める人のことを、呼ぶのでございましょう。」

内心の向上なら、自分ひとりだけでもできると思うのは錯覚である。諸個人の心もまた、社会の所産である。「いぬ」というひと言でさえ、社会関係の意味を表象する。真理となればなおさらである。真理は社会を本領としているからである。

さらに夢窓は、利得をめぐる競争社会を批判する。

「利得の競争の中で暮らして、自らを是認し、他人を否定するのであれば、真理の道の障りとなります。道心を発しても、もし利得の競争の心のままにいるのなら、魔業を成すでしょう。いわんや世間の名利のために知識や弁舌を求め、神通力を願うような者であるなら、なおさら真理の道の障りとなります。

たとえ真摯に真理を祈るとも、それがもし自分自身だけの出離を祈るに留まるならば、これもまた愚かなことです。

真理を悟らんとする者は、一身一衆生のために善根を積みません。一切衆生のために諸々の善根を修めることで、真理を悟ることができるのです。」

物の利得と違って精神《こころ》の世界は、本質的に争わない。物は分けると減るが、精神《こころ》は分けても減りはしない。誰もが等しく真理を理解することができ、誰もが同じ器量の精神《こころ》を持つことができる。他の人の悟ったところを、自分もまた同じように悟ることができるのである。精神《こころ》には、限りもなければ果てもない。

※

「悟った宗師が示すところは、自証・自悟の境地ではありません。たとい自分の清浄無垢《せいじょうむく》識に行き当たっている人でも、いまだ真理を社会に教え活かす手段を飲み込まない者は、真理を確信したとはいえません。こういう人は自分ではっきり悟ったことは確かだけれども、人のためにやる手立てを持たないから、善知識となることができないのです。心に思い量ることだけで、それを言い表わすことができない人だというのは、これです。」

夢窓は、真の悟りは、一切衆生のために実践することだと説く。そのためには、真理を社会に教え活かす手立てに巧みになる必要があるという。

「道元禅師は、布施、愛語、利行《りぎょう》、同事《どうじ》の四摂法《ししょうぼう》を勧めておられますが……。」

兼好が控え目に言う。

道元は、日本の曹洞禅の宗祖である。臨済禅の流れを汲む夢窓であったが、兼好の気遣いにも関わらず、夢窓に宗派にこだわる気配は微塵もない。

「四摂法は、衆生の日常生活に根ざした優れた教えです。衆生が悟りへと至る効果的な手立てになっています。おおいに興すべきことでしょう。」

布施は、見返りを求めず他人にものを与え、心を与えることであった。愛語とは、慈悲、慈愛の心を起こし、愛情豊かな親切な言葉で語りかけることである。利行《りぎょう》とは、見返りを求めないで、他の人の幸福のためによき手立てをめぐらすことである。同事とは、自我を捨てて相手と同じ心、同じ境遇になって、心をはたらかせることである。

「前に国師様は、庭園も衆生救済の方便である、と申されました。人が林泉と関わる心は、いかなるものでございましょうか。」

改めて兼好が問い、夢窓が答える。

「昔から今に至るまで、山水とて山を築き、石を立て、木を植え、水を流して、愛好する人が多くいます。その山水の趣は同じようでも、その受け止める人の考えはそれぞれ違っています。

ただ家の飾りにして、立派な住居だと言われたいために庭を構える人もいます。あるいは万事に欲張る心から、奇石珍木を選び求めて、集め置いている人もいます。こういう類の人は、山水の風雅を愛するわけではなく、ただ浮き世の塵を愛する人です。あるいは生まれつきさらりとした性格で、世俗のことには関わらず、ただ詩歌を吟じ、庭園で気をはいて、心を養う人もいます。こういう人は、風流人といってよいでしょう。あるいは、この山水に向かって眠りを醒まし、つれづれを慰めて修行の助けとしている人がいます。こういう人は、まことに貴いといってよいでしょう。けれども、たとえこのようであっても、山水と修行とを区別しているので、真実の求道者とはいえません。

山河大地、草木瓦石、ありとあるものすべて皆、自己の本分であると信ずる人が、山水を愛好する姿は世間の人に似ているけれども、山水の愛好をそのまま求道の心として、泉石草木が四季折々に移り変わる気色《けしき》を、心の工夫とする人がいます。もしこのようであれば、求道者が山水を愛する模範といえましょう。

こう考えてくると、山水を愛好するのは悪事とも決めかねるし、また、必ず善事とも言い難いのです。山水に得失はありません。得失は人の心にあるのです。」

夢窓は、さらに付け加えた。

「古来より、慈《いつく》しみの深い人は山の静かなることを愛し、知恵ある者は水の清らかなることを楽しむといわれてきました。予が庭園を造るのは、山水を自己と心得、人間が自然であることを気付かせるためでもあります。」

兼好は、これまで、真理の方面はなおざりにして、手段や方便に関心を寄せる凡夫がいかに多いことかを、いやと言うほど見聞してきた。

「凡夫は、あれこれと知ることを願っても、奥深い悟りまでは求めずして、ただ多聞をのみ好み、我見を増長させております。方便を真理と取り違えている者となると、数に限りがございません。」

夢窓とて同じことである。

「指をもって月を指すのは、直接人に月を見せようとするためです。もし、その指に目をつけた人が、月を見ることができず、あまつさえ、その指の長短を論じ、その大小を争ったりするのなら、実に迷いの中の迷いとなります。」

夢窓は、方便に巧みな人であったが、時にはずばり真実を言い放つ人でもある。いずれにしても、「教外別伝《きょうげべつでん》・不立文字《ふりゅうもんじ》」であることに変わりはない。

「実《まこと》に道心のある者は、食事をし、衣服をまとい、厠《かわや》に赴き、洗面所へゆく、衆僧に交わって礼をし、人に向かって物語する、そうしたいっさいの行動をするとき、求道の工夫を忘れない人です。それを、万事の中に工夫をする人と申します。

古人は言っています。山河大地、森羅万象ことごとくこれ自己なのです。もしよくこの旨を理解するならば、工夫の外《ほか》に万事があるのではありません。工夫の中に衣を着し、飯を食し、工夫のなかに常住坐臥《じょうじゅうざが》し、工夫のなかに見聞覚知し、工夫のなかに喜怒哀楽します。もしこのように得心するならば、工夫のなかに万事をなす人と申すべきです。

仏法と世法の隔てがないことは大乗仏教の通理です。どうして万事の外に修行方法があるなどと示すことありましょうや。」

五、白雪の章

1、仁義の政治

小倉山の山裾は、往生院の跡地である。もうすっかり紅葉の衣を脱ぎ捨ててしまって、木枯らしのむせぶにまかせる木立の中に、かけた情けが仇《あだ》となった女人の廃屋があった。

平清盛に寵愛されていた白拍子《しらびょうし》の祇王《ぎおう》は、自らがとりなした同じ白拍子の仏御前《ほとけごぜん》に、清盛の心が移って、都の館を追われたのであった。

去るにあたって、祇王が障子に書き付けた歌は、祇王と仏御前の行く末を暗示するものであった。

萌え出づるも　枯るるも同じ　野辺の草　いづれか秋に　あはではつべき

あくる春、祇王のもとへ使者が来た。聞けば仏御前が退屈しているから舞ってやれ、という清盛の命《めい》である。もとより祇王は避けたかったが、清盛の権勢と母の哀願に抗しかね、涙を抑えて今様を歌い舞った。

仏もむかしは　凡夫なり　われらも終には　仏なり　いづれも仏性　具せる身を
隔つるのみこそ　悲しけれ

このとき仏御前も、祇王の心をわが心に換えて、女の身のつらさを噛み締めたのである。

都を去った祇王と妹の祇女《ぎじょ》と母の刀自《とじ》は、尼となってこの庵に身を寄せていたが、ある日の暮れ方、竹の編戸をほとほとと敲く音を耳にした。昼でさえ訪ねる人のいない山裾ゆえに、夜更けて訪ね来るとは、もしや魔縁かな、と恐る恐る戸を開けると、佇んでいたのは仏御前であった。被《かぶ》った衣を打ちのけると、黒髪を鋏《はさみ》取ってすっかり尼の姿である。聞けば仏御前も、無常を悟って訪ね来たという……。

「四人の女人は、吉野窓から眺める夕べの月を、涙の月と仰いだことでありましょう。」

夢窓と兼好《けんこう》は、その後共に暮らして、嵯峨の山懐に果てた四人の女大たちの哀愁に思いを馳せた。

※

嵐山の東麓には、虚空蔵法輪寺がある。十三歳に成った男女が、厄を払って知恵を授かる「十三まいり」の名刹である。この法輪寺の修行僧・滝口入道と横笛の悲恋も、また忘れることはできない。

横笛は、建礼門院に仕える雑女《ぞうしめ》であった。その横笛を見初めたのが、内裏の滝口で警護していた斎藤時頼であった。斎藤家は平重盛の重臣であったため、横笛の低い身分を理由に父は逢瀬をきつく禁じた。家柄と恋の板ばさみにあった時頼は、出家の道を選び、頭を丸めて嵐山の法輪寺で、厳しい修行に入っていた。

時頼を慕って、都から夜を徹して訪ねてきた横笛は、時頼に一目逢うこともなく、無情にも面会を拒絶されたのである。今となっては鮑《あわび》の恋かと悲嘆した横笛は、想いを綴って小枝に結び、大堰川の早瀬、千鳥が淵へ衣をひるがえして、河の水屑となったのである。

「千鳥が淵は、あのあたりでございますか。」

兼好は、墨絵のごとく暮れなずむ山峡を指差して尋ねる。

夢窓は大きくうなずきながら答える。

「千鳥が淵は今も底深く、美しい緑の水をたたえ、龍が潜《ひそ》んでいるかと思われるほどの凄みがあります。左武衛《さぶえ》の将軍直義《ただよし》公が、天に昇る龍を見たとおっしゃるのも、あの辺りだったのでしょう。」

「嵯峨・嵐山に伝わる女人の運命《さだめ》を繙《ひもと》きますと、女人の一生は、愛憎と哀しみに満ちているように思われます。男の野心が、女人の悲劇を生むのでございましょうか。」

「予はそれなりに人間を解かっているつもりでおりますが、こと女人の話となりますと、困ってしまいます。女人ももとより人間であるということの他は、まるでわからないのです。」

九歳にして仏門に入った夢窓に比べて、三十歳近くまで世俗で暮らした兼好には、女性について一日の長がある。朝露に濡れて女の館を後にした思い出もあれば、若き日に愛した女性《ひと》を今も忘れてしまったわけではなかった。

「女人に対する男の罪業は、つくづく深いように思われます。」

「男の罪業は、女人に対するばかりではないでしょう。野心に駆られ、戦で人の命を落させるほど罪深いことはありません。命を軽んじるように上《かみ》の者から喧伝され、それを漫然と信じ込んで戦に臨む衆生も多いのです。」

「戦に駆り立てる者の罪深さは、計り知れないものがありますが、一族郎党のために名を挙げようと戦に臨む衆生も、人を殺して名利を得んとする罪は軽いとは申せません。名誉と利得に惑わされて死んでいった衆生の多いことは、まことにくちおしい限りでございます。」

※

戦の罪業は、夢窓が常に指摘してきたところである。女人については口の重い夢窓であっても、戦を断罪する口調は鋭くなる。

「先般、左武衛将軍足利直義公にお目にかかったとき、予は厳しく申し上げたのです。

今、左武衛将軍がわが国の武将として万人に仰がれておられることは、ひとえにこれ前世における善根の果報です。けれども、世の中にはなおもはむかう者もいます。また御家人と称してお仕えする人の中にも、言いつけに随って自分をかえりみず尽くす人はまれです。

元弘年間以来の御罪業と、その間の御善根を比べてみたら、果たしてどちらが多いでしょうか。その間にも御敵として亡ぼされた人はどれほどでしょうか。亡ぼされた跡に、さすらう身となった妻子・手下の輩《やから》の思いは、どこへも行き場がないでしょう。

敵方ばかりではありません。味方になって合戦をして死んだ者も、皆、左武衛将軍の罪業になるわけです。その子は死んで父が残り、父は死んで子が生き残っているものもあります。そのような歎きのある者も数え切れません。

せめてその忠勤によって正しく恩賞が行われたならば、まだしも慰めようもありましょうが、自身大名でもなく、強い関わり合いとてもたない人たちをば、その功績をお耳に入れる者もないから、訴えも届かず、それらの連中の恨みも癒しがたいのです。

今でも引き続き、戦に勝ってめでたいと申しますが、戦に勝つということは、御敵が多く亡んで、罪業の重なることでもあるのです。都でも、地方でも、神社・仏寺、宿駅や人家などが、あるいは破損し、あるいは焼失したこと、どれほどでしょう。寺社の領地も、あるいは兵糧に徴発され、あるいは占領されたために、祭礼も行われず、寺院のお勤めも廃《すた》れました。武士でない者は、土地はあっても支配することができません。住居をさえ押領されて、立ち寄るところもない者も多いのです。仁義を貫く恵みある政治は未だ行われず、上下貴賤の人々の歎きはいよいよ重なるばかりです。世の中がいっこうに穏やかに治まらないのは、まったくこのためです。」

しばらく話して夢窓は一息つき、強い口調で再び話し始めた。日頃から穏やかな夢窓にしては、珍しいことである。

「敵を殺し味方を殺して戦に勝ったと言っても、それで何を勝ち取ったのでしょうか。命をつなぐために命を賭けることはありません。働けば、生きることのできる時代なのです。利得や名誉のために命を賭けることもありません。今の世の中には、殺し合わなくても、慈《いつく》しみと道理にかなった方法で、円満に政治を司る手立てが整っているのです。」

夢窓は、乱れかけた袈裟をきりりと整え、さらに続けた。

「社会を仁義で導くのが政治の本旨です。『仁』は慈しみ、思いやりの徳を意味します。『義』は、人として行うべき正しい道、道理にかなっていることです。これのほかに、何をもって政治の本旨とするのでしょうか。人間関係、社会関係を『仁』と『義』で満たすことが政治の本旨なのです。今時の政治は、利益ばかりで人を誘導していますす。『益』は、増やすこと、儲けることですから生産の役割です。それは政治にとって土台にすぎません。今時の上《かみ》の者は、土台を築くことに熱心で、何を建てるかを忘れてしまっています。いや、忘れているというより、未だ気づいていないのかもしれません。」

夢窓の熱弁を聞いていた兼好も、夢窓に劣らず、力を込めて話し始めた。

「政治がゆがんでいることは、多くは上に立つ者に責めがございます。上に立つ者が、まず正すべきでありましょう。衆生は、上の者を真似るものです。王が剣客を好めば世間に殺傷沙汰が増え、王が細腰の女官を好めば宮中に飢えて死ぬ女人が出たと、故事にもございます。

昔の聖天子の時代の仁義の政治をすっかり忘れてしまって、衆生が不平を言うのも、国家が疲弊するのも意に介さないで、万事に華美を尽くすことを立派だと思い、あたりかまわず偉そぶっている人は、はなはだしく思慮のない人だと思われます。『衣冠から馬や車に至るまで、あり合わせのものを用いなさい。華美なものを求めてはいけません』と、昔の大臣の『遺戒』にもございます。順徳院様が、宮中の諸事を記されたものにも、『天皇の召し物は、粗末なものをよいとする』とございます。

ただ、こんな治世でございますから、係累の多い下々の者が、何かにつけ他人にへつらい、欲が深いのを見て、わけもなく軽蔑するのは間違いだと思われます。その人の心になって思えば、まったく愛する親のため妻子のためには、恥をも忘れて盗むことさえしかねないのです。そうですから、泥棒を戒め、悪事をなしたと罪にすることよりも、まずは何よりも先んじて、世の中の人が飢えないように、寒さで困らないようにしてほしいものです。人は追い詰められて盗みをするのです。人を苦しめておいて法律を犯させ、それを罪にするなどということは、実に不憫なことでございます。」

※

兼好は一気に話し終えた。そして、またまた禿げた頭をひと撫でると、言葉を続けた。

「地位が高いとか、身分が尊いとかいうのを、優れた人と呼ぶべきでしょうか。愚かで劣っている人でも、身分ある家に生まれ、時流に乗るならば、高い地位にも上り、奢りを極める例もあります。たいそう立派な聖人や賢人が、自分は低い地位にいて、時流に合わないで終わることはよくあることです。一途に高い職務や地位を望むのは、愚かなことです。

そもそも、どういうことを知恵と評価するのでしょうか。世の中で、『可』と言うことと『不可』ということは相対的なことで、もとはひとつながりです。どんなことを善というのでしょうか。こうした人間の相対的な境地を超えた真の人間の境地は、知恵もなく、徳もなく、成果もなく、名誉もございません。」

人は混沌としている世界に刻印を押すことで、認識を深めてきた。それは、ここからすればあそこであっても、あそこからすれば、ここがあそこになるようなものである。

夢窓は、人間の本質を語る。

「世間一般の愚かな人と違って才知弁説がある人を智者というのは、世俗の沙汰です。今時は、人に優れた学識さえあれば、その心がひがんでいてもかまわず、その行いが浮ついて浅はかであるのも恥なさらない。

本来具えているはずの大智を会得した人は、『おれは智者だ』と慢心を起こしません。

そのわけは、本来の大智に行き当たってしまえば、智とか愚とかの差別の相《すがた》を見ないからです。

『おれは智者だ』と思っていても、智者のふりをしないというのではありません。真の人間は、元々賢いとか、愚かとか、得とか損とかといった境地にいないのです。人間は天地間のもっとも霊妙なものです。天地には限りがありません。人間の本性もこれとどう異なるでしょうか。ゆったりとしておおらかで果てというものがなければ、喜怒哀楽の感情が人間の本性に差し障りを生じることもなく、他人のために煩わされるということもないでしょう。」

雲よりも　たかきところに　出でて見よ　しばしも月に　へだてあるやと

夢窓

2、「利那過ぐるを惜しむべし」

大堰川のたそがれに百合鷗《ゆりかもめ》が群れ飛ぶ。もう、水に舞う落ち葉もない。ただ、枯れ松葉だけが、ぱらぱらと岸の小径に散り落ちる。

寒そうに澄める青墨の天空に、月を待つ宵の明星が、ぽつんとひとつ瞬《またた》いていた。

野外冬の月
冬枯れは　野風になびく　草もなく　こほる霜夜の　月ぞさびしき
兼好

天龍寺の庭園では、参禅の雲水たちが黒々と位置を占め始めた。宵闇が深まるにつれてその数は増えていく。再び大方丈に戻った夢窓と兼好は、見えるか見えないかの闇の中に、その気配を感じていた。

兼好《けんこう》が発心《ほっしん》の機微を言う。

「普遍の真理を悟らんと思い立つ人は、他のことはそっくりそのまま捨て去るべきだと思われます。『今しばらく待ってください、このことが終わってから』『これでは人から嘲笑《わらわ》れます。先々非難のないように整理をつけてから』『長年してきたことなので、このことの切りがついてから』などと言ったりしていると、限りのないことばかりがいっぱい重なってきて、これで終わりという切りがつかずに、決心する日もありません。」

ふたりの話題は、大事を思い立ったら直ちに実践することの大切さに移った。兼好は、例によって頭をひと撫でしながら話を続けた。

「大体、世間の人を見渡して見ますと、少し思慮のあるような人は皆、このような予定だけで一生を終わってしまうようです。

火事にあって逃げる人は、『ちょっと待ってから』というでしょうか。身を助けようとすれば、恥をも顧みず、財産をも捨てて逃げるものです。人の命は人の都合を待ってくれるものではありません。死の到来は、水や火が襲ってくるよりも速やかで、逃れ難いものなのに、そのときになって、老いた親、幼い子、上司の恩、他人の情けなどを、捨て難いからといって捨てないでいられるでしょうか。」

「おっしゃるとおりです。道を志す者は、ただ今のこのときが、むなしく過ぎることを惜しむべきなのです。」

夢窓は広がる外の闇に目をやりながら、行く手を照らし出しつつ歩んできた自己の歴程に思いを馳せていた。

「こんなお話がございます。」

改めて兼好が切り出す。

「さてまた、興味深いお話でございますか。教えて下され。」

兼好は夢窓が「教えて下され」と言ったことに恐縮しながらも、天下一の名僧と名高い夢窓に教えを請われたことに気を良くしながら、頭を撫ぜ撫ぜ話し始めた。

「ある者が、自分の子を法師にしようとしたのでございます。『学問をして因果応報の道理を悟り、説教などをしてそれを生計の手段にしなさい』と勧めたので、その子は親の教えのままに説教師になろうとして、まず馬に乗ることを習いました。仏事の導師に請われて、施主が馬の迎えをよこしたとき、鞍に尻が安定しないで落馬したりするのは情けない、と思ったからです。

次に、仏事のあとで酒などを勧められることがあるときに、法師が何の才能もないのは、施主が味気なく思うだろうと、早歌というものを習いました。

ふたつの業《わざ》に面白みが出てきたので、ますます上手になりたいと欲が出て、一生懸命乗馬と早歌をやっているうちに、習うはずの説教を習う余裕がなくなって、歳をとってしまったというのです。」

「山もまず登り始めなければ、頂には至りません。」

修行行脚の各地で、大勢の衆に法を説いてきた夢窓も、その席で、『やりたい』『やるつもり』という予定の言葉をうんざりするほど聞かされてきた。『やっている』『し終えた』という言葉を耳にすることがいかに少なかったことか。

「気が多い某《それがし》も、常々自省しているところでございますが、世間の衆生は、一般にこの例のようなことを多かれ少なかれしております。若いうちはさまざまな方面で立身出世をしたり、偉大なことを成し遂げたり、芸能も身につけ、学問もしようなどと長い将来に亘っていろいろと予定いたします。

そして誰もが、予定していることを気にかけながらも、結局、人生をのんびりしたものと考えて、日々をなおざりに過ごし、まずさしあたっての目の前のことに紛れて月日を送ってしまいます。

そのうちに、やろうと思ったことが、ことごとくできないまま、自分の身の方が老いてしまうのです。」

「若いときは自分に対して欲張りでもあるので、やたらと夢を見たりしますが、夢を諦めること、夢を上手に捨て去ることも、大事な人生訓です。夢に振り回されると、遂にはひとつのことさえ上手にならず、望んだように暮らしを立てることもできないまま、年齢だけを重ねます。歳というのは後悔しても取り返しのきくものではないので、ちょうど坂を下る車輪のように、どんどん速くなって衰えていってしまうのです。」

夢窓は諦観《ていかん》が大事だという。諦観《ていかん》とは、諦めることを知る心である。夢盛んにして諦観を知らない人生は、危険であるというのである。

兼好も説く。

「一生の間にやってみたいと思うことの中で、どれが勝っているかとよく比較検討し、その中で一番大事なことを決めて、それ以外は断念し、大事な一事に励むべきでございます。一日のうちでも一時《ひととき》のうちでも、いろいろなことが起こってくるなかで、少しでも役立つことをして、そのほかは捨てて、大事なことに集中するべきです。どれも捨てまいと執着していたら、一事も成就できません。

碁を打っているとき、三つの石を捨てて十の石を取る決断は簡単ですが、十の石を捨てれば十一の石が取れそうなときになると、ついつい躊躇してしまい、結局、わずかな差で負けるようなことがあります。これも捨てないであれも取りたい、と思う心では、あれも得ず、これも失うというのは当然の道理でございましょう。」

夢窓も兼好も、必ずひとつのことを成し遂げようと決意したら、他のことができなくなるのは当然であるというのである。

「一刹那《せつな》の短い時間は、はっきり意識されなくても、その刹那、刹那を次々に続けていけば、生涯を終えるときがたちまちのうちに到来します。

人は一日の間に、食事や便通や睡眠や談話や歩行など、やむを得ずして多くの時間を費やします。その残りの時間がいくらもない間に、無駄なことをやり、無駄なことを言い、無駄なことを考え思って、一日の時間を過ごすだけでなく、月々を過ごし、一生涯を送るのは実に愚かなことでありましょう。」

「自分が自分の主人となって使える時間はわずかでございます。その貴重な時間を何のために惜しむかと言うなら、それは真理を悟るためでございましょう。

今こそ身の周りの束縛を捨て去って、真理の道を求めるときである。こうなったら、信義も守るまい、礼儀も心にかけない、こういう気持ちを、正気でない、人情がない、と思うなら思わしておこうという気概が必要でございます。他人が悪口を言っても苦にはすまい、誉めてもその言葉に耳を留めない、ということでございます。

某が内裏の警護にあたっていた頃、弓の師範から厳しく教えられたことがございます。矢はただ一本で的に向かえ、と。二本の矢を持てば、後の矢をあてにしてなおざりの心が生れる。一瞬の間にも怠け心が潜んでいるものだ、と。

なにごとでもそうですが、修行する人が、夕方には翌朝のあることを思い、朝には夕方のあることを思って、先々もう一度、念を入れて修行しようと心を待ち設けていることがあります。が、こうした人は、一日のうちでも怠けるのですから、まして、一瞬間のうちに、怠け心が存することを自覚するはずがありません。この一瞬間の意識において、なすべきことをすぐになすということは、何と困難きわまる事でございましょうか。

ときは、今、なのでございます。」

※

愛宕山のかなたから雪雲が、東へ東へと流れ飛ぶ。どうやら今夜は雪になる。天龍寺も嵐山も、すっかり雪化粧をして、明日の白い朝を迎えるであろう。美濃の永保寺の観音堂はどうであろうか。甲斐の恵林寺《えりんじ》の枝垂れの桜に雪の華は咲くであろうか。

早くも散らつき始めた小雪を眺めながら、夢窓と兼好は、人のすることはたくさんあるなかで、真に人間の道を楽しむことほど味わい深いことはない、と思うのであった。

跋―鴨の河原の世捨て人の話―

鴨の河原の芒《すすき》が秋風に揺れる季節になりますと、心細さがひときわ募って、人恋しくもなります。老い長らえておりますと、死んで別れた人の数も、それだけそのぶん重なります。世の中から見捨てられたような連中であっても、お互い顔見知りになれば、いつの間にか情も通い、共に助け合い、慰め合った思い出もございます。私もまもなくでございましょう。足腰の痛みや胸の疲れは、逝くときがそう遠くはないことを教えてくれております。

それでもこの世の未練というやつでございましょうか、生涯を苦しめ続けた先祖の因縁でございましょうか、長年気にかけておりました仁和寺参詣の思いを、なんとも抑えきれずに、先ごろひとり、ぼつぼつと歩いては休み、休んでは歩いて、御室《おむろ》に出かけたのでございます。

その帰りがけのことでございました。ちょうど山門の石段にさしかかったとき、どこか縁《えにし》を感じさせる面ざしの若者が石段を昇って来るのに出会ったのでございます。もしやと思って声をかけてみましたら、思ったとおり、昔、私の邸《やしき》に仕えておりました家司《けいし》の子息でございました。名を命松丸《みょうまつまる》と申します。

そのときはじめて私は、命松丸殿が兼好《けんこう》法師様に師事していたことを知ったのでございます。その際、命松丸殿からうかがった話は、なんとも不思議な話でございました。

※

その不思議な話と申しますのは、夢窓国師様と兼好法師様が、嵐山の天龍寺でご会見なさった日の帰りがけのことでございます。

夢窓国師様に暇《いとま》の挨拶をされ、天龍寺を後になさる兼好法師様を、雲居庵《うんごあん》の玄関で待っていた命松丸殿は、

「さぞ、お疲れでございましょう。まる一日のご会見でございました。」

と声をかけて、兼好様をねぎらったそうでございます。

すると兼好様は、

「ああ、命松丸か。迎えに来てくれたのかい？　今日帰ることがよく分かったな。」

とおっしゃったそうで、思いもかけない兼好様のご返答に、命松丸殿は自分の耳を疑ったそうでございます。

命松丸殿が、兼好様に随って天龍寺の三門をくぐったのは、その日の朝のことだったからでございます。その後は、ずっとおそばに随《したが》っており、曹源池のお庭を廻られたときも、大方丈の間でくつろがれていたときも、渡月橋を渡られたときも、嵯峨野の野道を逍遥なさったときも、そしてまた天龍寺へ戻られてからも、ずっとお供をしていたのだそうでございます。その日は、早春にしては暖かい一日で、今にも桜が咲

き出さんばかりの日和であったと、命松丸殿は申しておりました。

しかしながら、兼好様は、夢窓国師様との会見は一日のことではなく、一年の出来事であったかのように思い込んでおられたようで、会見の間に、霞がかかり、青葉が光って、秋草が色づき、白雪が舞った、とおっしゃったそうでございます。

命松丸殿は、大方丈の間で兼好様が国師様とお話しされていたときも、春屋妙葩《しゅんおくみょうは》様と共に控えの座に居たことや、散策に出られたときには、ずっと後ろに付き随っていたことを、順を追って説明されたそうですが、兼好様はいっこうに納得なさらず、

「お前は『今日一日のこと』と言うが、某は、春夏秋冬を国師様と共に過ごしたように思うのです。確かお前が『天龍寺の伽藍が輝いている』と、丘を駆け下りて来たのを憶えているが、あれから霞がかかり、青葉が光って、秋草が色づき、白雪が舞ったではないか。」

と、繰り返すばかりだったそうでございます。

そのように申されます兼好法師様のお顔が真顔であっただけに、命松丸殿は、ひょ

っとして、妄想の中にいるのは自分の方ではないかと思えてきたほどで、しまいには、国師様とのお話中、兼好様が、九回も頭を撫でられたというようなことまでも口に出したそうですが、それでも埒があかなかったとのことでございます。

兼好様の意識が異常をきたされたのかと、一層不安になってきた命松丸殿は、その日一日のことであったことを、帰りの道すがら、必死の思いで説明し続けたそうでございます。

はじめのうちは、命松丸殿の懸命の説明にまったく取り合わなかった兼好様も、夕闇せまる桂川沿いをしばらく東へ進み、車折《くるまざき》神社の鳥居を左に見るころには、東山連峰の上に浮かぶ朧の月や、神社の藪に白く浮かぶ猫柳の芽に、ときが春宵《しゅんしょう》であることを認められたようで、ようやくそれが一日の出来事であったことを、しぶしぶ同意なさったように見受けられたということでございます。

兼好様が白昼夢を見ておられることに戸惑いを感じていた命松丸殿は、

「夢窓国師様と話されたお話の内容は、覚えていらっしゃいますか。」

と、恐る恐るも僭越な問いを発しましたところ、それには、

「もちろんだよ。話し合った中味のすべてが真理なのだから……。」

と答えられて、兼好様は禿げた頭を撫でまわしながら、今度は不思議そうに首をおひねりなさって、

「どうやら私は、時の流れを失っていたらしい。さてさて、庵に帰って寝るとしよう。」

と足を速められました。

兼好様はそのとき確かに一度は「一日のこと」と口になさったのですが、後から思えば、それもどうやら命松丸殿の熱心な説明に賛意を示しておくことが、ここは円満というものだと、気を廻された結果であったようで、雙《ならび》が岡での暮らしに戻ってからも、しばらくの間、兼好様は、夢窓国師様と春夏秋冬に亘って話し合ったと思っておられるご様子で、「舞い落ちる白雪は、明らかに冬の季節ではなかったのか」と時々思い出されては申されたそうでございます。

兼好様が、すべて真理を話し合った、と申されたように、兼好様が時間の感覚を失われましたのは、夢窓国師様と真理を語り合ううちに、真理が時空を超えているように、いつしか時空を超えた境地へと入っていかれたのであろうと、命松丸殿は後日になってしみじみと思われ、この不思議な出来事を、自らも納得したそうでございます。

夢の中に　ゆめとおもふも　夢なれば　ゆめをまよひと　いふも夢なり

夢窓

※

それから四度、桜が咲き桜が散って、観応二年長月晦日《ながつきみそか》、夢窓国師様は七十七歳の喜寿で遷化《せんげ》なさいました。

その年の春には、生涯に亘って身近にあった桜の花との別れによせて、

またも来ん　春をたのまぬ　老が身を　花もあはれと　思はざらめや

夢窓

と、覚悟の歌を詠まれたそうでございます。

その年になると夢窓国師様の弟子になろうと僧俗がわれもわれもと押しかけ、二千五百人が受衣を受け、総員一万三千余人が弟子として記帳いたしました。

国師様は「われに三等の弟子あり」と書き残されておられますが、私も最後の自尊心を慰めるために、せめて下等の弟子の末尾にでも名を記そうと、我欲を起こしたのでございますが、さすがに嵯峨嵐山まで出かけるだけの気力が湧き起こらず、そのまま鴨の河原から、はるか西の空を眺めていただけでございました。

夢窓国師様は、遷化の前日には、

「今、自分は別の世界へ転身しようとしている。……この転身の力を見よ。」

と記され、

「明日、旅立つであろう。」

と、おっしゃられて、そのとおりに入寂なさいました。

その生涯を通じて真理を実践し、私ども衆生の救済に尽くしてくださった夢窓国師様は、その当時、隠居所になさっておられました臨川寺《りんぜんじ》の三会院《さんえいん》で、今は蓮華《れんげ》石に包まれながら、安らかに眠っておられます。

※

いっぽう兼好法師様はと申しますと、夢窓国師様が遷化なさってほどなくして、忽然と京都から姿を消されたのでございます。伊賀の山里で見かけたとの風説もございましたが、その確かな証《あかし》はございません。

日ごろのお世話をしていた命松丸殿にさえ、その行き先をお告げにならなかったばかりか、その素振りさえもお見せにならなかったそうでございます。ただ一枚の紙に、いつもの手馴れた達筆で、命松丸殿への謝辞とともに、ひとつの歌が書き残されていたとのことでございます。それは、二度と帰って来ない別れを歎き、西方極楽浄土に行くことを祈る心でございました。

帰りこぬ　別れをさても　なげくかな　西にとかつは　祈る物から

兼好

おわり

【著者紹介】

久米宏毅（くめ・ひろき）

1945年三重県津市に生まれる。

三重県立津高校を経て、北海道大学農学部農業生物学科卒業。

実践学院主宰。

1995年8月三重県津市阿漕が浦海岸で「花と緑のボランティア」を呼び掛ける。

「グリーンボランティアクラブ・阿漕浦（あこぎがうら）友の会」会長。同会は「（社）日本ナショナルトラスト協会」正会員。植樹を中心に海岸の環境向上をめざす民間と行政の連携組織「安濃津・松風の会」を発起、同会副会長。

「三重県緑のネットワーク運動懇談会」実行委員長。

夢窓と兼好
定めなきこそいみじけれ

2023年4月30日発行

著　者　久 米 宏 毅
発行者　向 田 翔 一

発行所　株式会社 22 世紀アート
〒103-0007
東京都中央区日本橋浜町 3-23-1-5F
電話　03-5941-9774
Email: info@22art.net　ホームページ : www.22art.net

発売元　株式会社日興企画
〒104-0032
東京都中央区八丁堀 4-11-10 第 2SS ビル 6F
電話　03-6262-8127
Email: support@nikko-kikaku.com
ホームページ : https://nikko-kikaku.com/

印刷
製本　株式会社 PUBFUN

ISBN : 978-4-88877-196-2